山頭火意外伝

井上智重

阿蘇登山で（昭和4年11月4日）

まえがき

熊本人ではないが、熊本から歩き出した文学者がいる。五高生として熊本で青春を過ごした寺田寅彦、下村湖人、林房雄、上林暁、梅崎春生などがそうだ。小泉八雲や夏目漱石もそうだと筆者は言いたいが、それを説明するのは少々厄介である。山頭火もまた熊本から歩き出した文学者ではなかったのか。彼のふるさとは山口県防府であり、ふるさとのほとりに戻り、其中庵《ごちゅうあん》を結び、四国に渡り、松山で亡くなった。しかし、郷里での造り酒屋の経営に失敗し、妻子を伴い、再出発の地として選んだのは熊本だった。山頭火は漱石も教壇に立った五高にあこがれていた。実際、受験したともいう。熊本に近代俳句をもたらしたのは、正岡子規の親友、漱石である。

山頭火も五高生らともまじわり、象徴詩としての新しい俳句運動をこの地で始めようと試みている。しかし、挫折し、妻子を残して上京する。関東大震災に遭遇し、熊本に戻るが、俳句から遠ざかっていた。出家得度し、再び俳句の世界に戻って来て、熊本から漂泊乞食の旅へと歩き出す。それは挫折を乗り越え、新たにめざそうとした文学の旅立ちではなかったのか。

八雲や漱石の熊本時代の研究は近年、随分進んだが、山頭火の熊本時代については星永文夫氏の研究以外、あまりなされていないように筆者には映る。山頭火は妻子とともに熊本の地に眠っているというのに…。山頭火の評伝といわれるものの中にも熊本における根拠に乏しい説が採られ、それが引用され、増幅している。これも熊本からの情報発信量が乏しかったためであろう。

筆者は地元記者として熊本ゆかりの人物を取り上げてきた。その際、マイクロフィルムを操作し、昔の記事を探した。調べている事柄だけでなく、次々と興味をそそられる記事が飛び込んでくる。それらをコピーしておいた。山頭火の知られざる句や短歌、記事もそうして見つけた。いくつかはニュースにもしたが、こうして本にまとめるのは初めてだ。

活動の看板畫など観てありくこのひとときはたふとかりけり

熊本の街には映画館が軒を連ねていた。モダニズムの文化の花が開き、若者らにまじって山頭火は短歌も詠んだ。不知火という号さえ持っていた。荻原井泉水が熊本で発行されていた九州新聞に俳壇を持っていたなど、だれも触れていない。そこには尾崎放哉の句も次々と採られている。

山頭火の妹シヅが嫁いだ町田家に宛てた書簡など『山頭火全集』に未掲載である。一時期ではあるが、山頭火は祖母ツルを熊本に引き取っていた。こうした新資料だけでなく、大山澄太の著作や『蓮田善明全集』などと比較検討すれば、新しい発見もある。

五高生らのマドンナ、中村汀女が封印した青春、斎藤史、荒木精之、安永蕗子の昭和の青春、石牟礼道子の戦時下の青春、それに光岡明と福島次郎についても一緒に収めた。これらの作家を通して熊本の文学風土を伝えられないか、と思ったためだ。

山頭火意外伝一　もくじ

大正・昭和を彩った文芸家たち

山頭火意外伝

山頭火と友枝寥平（昭和５年８月21日）

一景　ささやかな店をひらきぬ桐青し

——大正五年、山頭火は妻子を伴い熊本に

山頭火を呼び寄せた若者たち

種田山頭火が造り酒屋の経営に失敗し、妻子を伴い、山口県防府《ほうふ》から熊本市内に移り住んだのは大正五年（一九一六）の三月末か、四月の初めでは、といわれる。陸軍第六師団の司令部が本丸にあった熊本城の行幸《みゆき》坂の桜は花開いていたのか、それともはや吹雪いていたのか。山頭火三十三歳。六つ年下の妻サキノとの間に五歳の一人息子健がいた。

桜が散ると、あっという間に青葉繁れる候がやってきて、街も緑に染まる。

その年の三月、山頭火は自由律俳句の総本山ともいえる荻原井泉水《おぎわらせいせんすい》の「層雲」の選者に選ばれていた。落ちゆく先をなぜ、熊本に選んだのか。別に頼れる親戚などいない。

山頭火が頼ったのは俳誌「白川及新市街」に拠る若者たちだ。季語や五七五の形式にとらわれない新傾向派の反逆者たちで、その中心のオルガナイザーは五高生の兼崎地橙孫《かねざきちとうそん》（理蔵）である。

山頭火と同じ山口県人だが、年を食っており、二十五歳。自負心のかたまりのような若者だった。七月に卒業を控え、京大法科に進路を決めていた。そんな人物を頼ってやってくるところがいかにも山頭火らしいといえなくもないが、妻のサキノは子供の手を握り、異郷の街に立たされ、さぞ不安だったろう。

山頭火は明治十五年（一八八二）十二月三日、山口県佐波《さば》郡西佐波令《さばりょう》村（現防府市）の大地主の家に長男として生まれた。本名正一。「正さん、正さん」と甘やかされて育った。九歳のとき、母フサが井戸に投身自殺。父竹治郎が米相場に手を出し、政治道楽もあって、家屋敷や田畑も手離し、井戸塀に。山頭火は早稲田大学で文学を専攻していたが、神経衰弱になり、帰郷。隣村の吉敷《よしき》郡大道《だいどう》村の酒造場を山頭火の名義で買い取って移り住む。結婚し、子供も生まれるが、酒蔵の酒が二年続きで腐敗し、破産。竹治郎は姿をくらました。

山頭火は故郷を出るとき、こんな句をつくった。

燕とびかふ空しみぐ〳〵と家出かな

山口県勝間村（現周南市）の河村義介の個人俳誌「樹」六月号に「山頭火兄転居　熊本市下通町一丁目一一七村上吉平氏方」と消息が記され、「烏しきりに啼き炭火きえけり」という山頭火の句を添えている。「樹」には地橙孫や友枝寥平（伴蔵）も熊本から加わっていた。

その下通町一丁目一一七番地に間口三間の二階家を借り、愛蔵書を並べ、荻原井泉水や山口中学の後輩で徳山在住の「層雲」同人久保白船からも本が送られてきて、「雅楽多《がらくた》書房」を始めた。包装紙（個人所蔵）には「三年坂交番ヨリ上ル五軒目」とある。開店資金はサキノの実家から出たらしい。店の前に青桐の街路樹があった。青桐は熊本ではアオニョロイと呼ばれ、夏に葉を繁らせて影をつくり、秋、葉を落とし、冬の日ざしを店内に入れる。

下通は、市内一にぎやかなアーケード街となっているが、そのころは千徳百貨店があった安巳橋通りから三年坂にいたる通りがメインストリートで、下通はいくらか寂しい通りだった。三年坂にはメゾチスト教会もあった。徳冨蘆花が洗礼を受けた教会で、サキノも通うことになる。手取本町の市役所の場所には監獄があり、「雅楽多」の裏手には監獄の高い塀がめぐらされていた。その塀の中には熊本俳壇の鬼才となる宮部寸七翁《すなお》が山頭火のやって来る少し前、筆禍の罪で囚われの身となっていた。山頭火より五歳年下、早稲田大政治学科を出ている。胸に小さな病巣を宿して出所した。県庁は草葉町、いまの白川公園の場所にあり、その道向かいが市役所だった。いまは監獄の跡が市役所となっている。

熊本は学生も多く、古書店の目立つ街であった。漱石がひいきにした上通の舒文堂河島書店はいま四代目だ。古書店は素人でも参入できそうに思えるが、仕入れが必要だ。一種の質屋業でもあり、本を質草に金も貸した。山頭火の場合、本を売ったら、それでおしまいといった素人商法にも映るが、古本だけでやっていくつもりは当初から考えていなかったのでは、と思えるふしがある。

県庁の石垣のすみれ咲きいでけり
監獄署見あぐれば若葉匂ふなり
さゝやかな店をひらきぬ桐青し

肥後は火の国、水の国

大正五年八月一日発行の「白川及新市街」第二十二号に同人芳川九里香に宛てた山頭火の書簡が「梧桐の陰にて（一）」と題して掲載されている。七月二十五日に記されたものだ。

「熊本の人となつてから、もう四カ月の月日が過ぎました。その間には可なり複雑な心理を味ひました。店前の桐並木でさへ、いつとなく芽をふき葉をひろげ花をつけました。そして今では累々たる實を結んでおります。私は毎日、その青葉廣葉に覆はれた小い店に坐つて、話したり讀んだり考へたりしてゐます」

これから逆算すると、三月末に熊本にやってきたかと思われるが、多額の金を借りていた親族の有富、町田家に酒造場を引き渡したのは四月に入ってからのようである。

　このあと、九里香への手紙はこう続く。

「新らしい俳壇はしづかに動いてをります。個々の胸から溢れ出た泉が――それがまことの泉であるかぎり――おもむろに、そしておのづから、おなじ方向へ流れております。その泉の深浅清濁は天分の問題で是非もありませんけれど憐れむべきはそういふ泉を持つてゐない人々であります。そして更に憐れむべきはそういふ人々に追随してゐる人々であります」「多くの俳人には思想がない、と云へば憤慨する方がありませう。事実はどうすることもありません。新しい俳人で眞に覚醒したものが何人あるでせうか。月々の雑誌に発表せられる幾萬句のうちに、我々の肺臓を抉るやうな句がいくつあるでせうか。忌憚なくいへば、俳人には苦悩がありません。あつても餘り薄つぺらであります。そこにはハムレツトの煩悶も無く、さりとてドンキホーテの理想もありません。ただモツプの蠕動があるばかりです」「肥後は火の國、水の國であります。阿蘇は常に焔を吐き、成趣園の水は滾々《こんこん》として盡《つ》きません。私は熊本俳壇の火であり水であり、そして日本俳壇の火であり、水であるべき『白川及新市街』について、幼稚な感想を少しばかり申上げたいと思ひます」で次号に続いている。

「白川及新市街」

「白川及新市街」という誌名に「日本及日本人」を連想するのは容易だ。「日本及日本人」は三宅雪嶺《せつれい》による雑誌だが、陸羯南《くがかつなん》の新聞「日本」の伝統を継いでいる。正岡子規はその新聞社にいた。「日本及日本人」の俳句欄は内藤鳴雪、一般俳句欄「日本俳句」は河東碧梧桐《かわひがしへきごとう》が選者で、彼は俳論、随筆も載せた。地橙孫が最初に師と仰いだのは碧梧桐である。「白川及新市街」の白川は阿蘇を源とし、熊本平野に流れる一級河川で、加藤清正によって巧みに改造され、城郭都市熊本もかたちづくられた。新市街は熊本の丸の内であり、銀座である。「白川及新市街」は長いことまぼろしの俳誌であった。それを探し当てたのは熊本市在住の俳人、星永文夫氏だ。同人の一人駒田菓村（治吉）の子息（鹿児島県在住）の家からまとまって出て来た。いくらか欠落はあるが、コピーにしたものが熊本県立図書館にある。創刊は大正三年（一九一四）十一月十日。発行・編集人は熊本市西鋤身崎《すきみざき》一一五（現西子飼町）の西喜痩脚（與一）。月刊で、タブロイド判の二つ折りの四ページ。「雨夜より」と題し、エピグラム（警句）を書き連ねている。彼らがめざす俳句運動のスローガンであり、毎号、地橙孫が書き続けた。

□創造する自然、創造する闘争

□われらの霊を白熱の坩堝《るつぼ》に熔かしめ得たる小さき乍《なが》ら輝きを有する結晶それがわれら句であ

る

□個々の現象を自己の色彩を以てくすぶしたるもの、われらの句である
□広きより深く、複雑より純化に、現実より神秘に潜そむ
□季題を知らず、芭蕉を知らず

地橙孫以外は熊本の商家の息子たちである。痩脚の家は砂糖商、菓村の家は中職人町の菓子製造業、寥平は米屋町の老舗の薬屋「油屋健生堂」の跡継ぎで、地橙孫と知り合ったころは熊本薬専の学生だった。小野水鳴子は東唐人町の玉置呉服店の若主人、芳川（由川とも）九里香の家は東唐人町でやはり商家だったのでは。この六人が創立同人で、その後、上村沖雲、林葉平が加わる。沖雲についてはよく分からないが、葉平は熊本商工会議所会頭林千八の長男で、本名は隆。健康を害して早稲田を中退、帰ってきていたところを親友の寥平に勧誘された。同人ではないが、来鬼孫、孤秀影が句を寄せている。

同誌の連絡先は痩脚から水鳴子に途中から変わり、さらに九里香に移っている。

地橙孫という男

「白川及新市街」は地橙孫の強い自負心と個性によって編集されている。その自負はどこから

来ているのか。彼の出自と俳歴にあるかと思われる。明治二十三年、山口市の生まれ。父は地外と号し、貿易を業とし、そのため地橙孫は東京、横浜、門司と小学校を転々としている。父地外は徳山に引退後、徳山藩史の研究著述に費やす。祖父は橙堂と号した漢学者。佐久間象山に西洋流砲術を学び、桂小五郎と交友があったが、蛤御門の戦いの前に病没した。地橙孫は旧制中学を胸部疾患で退学、復学するまで四年間学業から離れた。維新の大業を見ずに京で死した祖父への思いが強く、当初、三高を受験している。地橙孫という俳号は祖父と父の号にちなんでいる。

彼自身による俳歴には「下関豊前中学校時代より句を始め、明治四十三年二月、出雲より九州へ全国巡遊中の碧梧桐に見出される。四十五年、受験のため上京し、海紅堂句会に出席し『朱鞘』同人と交わり、また『竜眠会』にて六朝書を中村不折に学ぶ。大正二年、『日本俳句鈔』第二集に三十九句入集。『層雲』や『朱鞘』の後裔である『紙衣』に、句や俳論を寄せる。この年、第五高等学校に入学し…」とある。

五高に入学し、寺原町の専徳寺に住み込む。句作についても真剣勝負で、同人らの作を誌面でもって論じ、水鳴子や葉平らをたじたじとさせ、ときには顔色を変えさせた。ページ数こそ少ないが、レイアウトもシャープで、新傾向の俳誌として注目され、川西和露、芹田鳳車など新傾向の俳人らが来熊し、交友を深める。地橙孫は「白川及新市街」発行のかたわら、帰省先である門司の仲間らと「三角凧頭」も発行し、「ホトトギス俳句無用論」などを発表し、俳壇を賑わせたという。（上田都史著『近代俳人列伝』）

地橙孫に頼まれ、山頭火のため、借家を探して来たのは誰だろうか。友枝寥平は熊本の歩兵第十三連隊に一年志願兵で入営中であり、水鳴子か九里香あたりではなかったろうか。二人は家も近く、もともと仲のいい俳句仲間のようで、水鳴子がやっていた「熊本俳句会」には地橙孫も顔を出していた。

地橙孫が五高を卒業して京都に去ったことで、彼のワンマン編集による「白川及新市街」は十月二十五日発行の二十四号でもって終刊号となった。

このため、山頭火の「梧桐の陰にて」も二回掲載されただけで打ち切られた。山頭火は「印象詩として第一歩を踏み出した俳句は象徴詩として完成されなければならない。――これが私の信念であり持論であります」として、「自然を『かたち』として観ないで。『あらはれ』しとして観るところに（尾山篤二郎氏の語句を借る）象徴の世界があります。言ひ換へれば、我等の印象が熾熱して象徴的色彩を帯びるとき、自然は既に単なる物質的存在でなくして或る物――本質といつても可いでせう――の至現となります。更に言ひ換へれば、我等の主題が自然燃焼するならば、我等の印象は當然且つ必然に、象徴化されます。象徴化されない印象、印象を象徴化し得ない素質――それらは断じて詩の領介ではありません」。そして、「私は改めて白川及新市街の最近号数葉を拡げました。そして次のような句を見出して限りなき歓喜に打たれました」というところで切れている。どんな句に歓喜したのか知りたいところだが、山頭火とすれば、彼らと一緒にやろうと張り切っていただけに、気が抜ける思いであったろう。

廃刊での地橙孫の句は自負心あふれるもので、「渡る群ら鳥の大鳥も去りにけり」。

「白川及新市街」は大正八年十一月二十五日、林葉平によって復刊される。発行所は熊本市外本山御殿跡六四八白川詩社。同人は地橙孫、寥平、葉平に東京から黒田忠次郎が加わったが、痩脚、葉村、水鳴子、九里香ははずれている。二号から八ページに増ページ。三号のフロントはロダンの石膏像「接吻」の写真。東京に印刷を依頼している。短歌や詩、評論も。新たに遠矢良茂、三野兎歌子、山下政一郎、桑原政夫、福地可一、岡崎茂、宮原雨青穂、小川雪夫らが同人に加わっており、全国各地に及ぶ。しかし、葉平は大正九年四月六日、妻子を残し三十歳で病没。「白川及新市街」も九年五月、第六号の追悼号で終わりを告げた。山頭火は復刊当時、熊本を去り、上京しており、「白川及新市街」に句を発表することはなかった。

熊本師範生が見た山頭火

熊本師範学校を出て、小学校教師となった緒方晨也はそのころの山頭火を郷土雑誌「呼ぶ」昭和四十七年九月号に描いている。

大正五年、熊本師範の学生四、五人が「蜻蛉会」という句会をつくり、「層雲」によって毎週土曜の夜、寄宿舎で句会を開いていた。「層雲」課題句選者の山頭火が熊本市に転住して来たと知って彼らは小躍りし、翌日の日曜日に下通町の「雅楽多」を訪ねた。絵葉書、額縁、文房具を並べた薄暗い店の奥で店番をしていたのが山頭火だった。やせ形で色は浅黒く、強度の近眼鏡の奥にしょぼしょぼの底光りを漂わせていた。極めて低姿勢で、ごく控え目にポツリポツリと語り、自分の言葉の終わりに必ず「ハァ」とか「ハイ」とかを付け加える癖があった。それから毎日曜ごと、訪ねて行くようになった。

店の商品が東京や大阪の卸屋から熊本駅止めで着くと山頭火が受け取りに行った。すり切れた下駄をひきずりながら、駅前の一杯飲み屋まで来ると、ふらふらと入ってしまう。商品を受け取る金が足りなくなり、四キロほど離れた城西小学校までほろ酔いの足をたどたどしく運んでくる。そこには初任教師の緒方がいて、話もよく聞かず、財布のひもを解いた。山頭火は泣かんばかりの顔をして引き返していく。

そんなことが何度もあったという。

モダンな新市街

熊本市は鉄道唱歌に「九州一の大都会」とうたわれた。すでに福岡市に人口では差をつけられていたが、六師団と官庁と学生の街で、どこかモダンなにおいがした。

新市街は熊本の二十世紀とともに生まれた。陸軍山崎練兵場が都市発展を阻害しているとして、旧大江村の土地と交換し、明治三十三年（一九〇〇）、その年は漱石が英国留学のため、熊本を去った年でもあったわけだが、熊本市によってニュータウンづくりが始まった。当初は買い手もつかなかったが、四十一年ころから戸数も増えだし、辛島町、練兵町、行幸町、天神町、桜町、花畑町の町名が決定された。ことに専売公社の煙草工場や公会堂の建設がきっかけとなり、九州電気通信局などの官公庁舎など近代的建築物が建設された。旧下追廻田畑町《しもおいまわしたばた》と下通をつなぐ通りには、電気館、世界館、朝日館などの映画館や寄席、料亭、食堂、カフェーなどがひしめくようになり、世界館、電気館は博多にも進出している。

街のなかで大規模な電話地下線工事がなされているのが山頭火の目にとまった。

炎天の街のまんなか鉛煮ゆ

この市街地づくりを手がけた市長は辛島格《いたる》だが、その女婿池松常雄は迂巷《うこう》と号し、正岡子規に俳句の教えを乞い、漱石が五高生らと始めた紫溟吟社に六師団の法務官渋川玄耳（朝日新聞社会部長になる）と一緒に加わり、漱石らが去ったあと、玄耳と俳誌「銀杏」を創刊した。自分の文芸趣味も兼ねて九州実業新聞を創刊するが、熊本の少壮の実業家で、のちに代議士となる高木第四郎に譲渡して上京、同郷の本山彦一が社長の東京日日新聞社（毎日新聞社）に入社し、広告部次長として手腕をふるう。高木は「九州新聞」と改題し、政友会の機関紙とした。

若き歌人たちの群れ

いまでは短歌や俳句はシニア文芸と思われているが、かつてはジュニア文芸でもあった。熊本でもまだ十代の少年少女たちが九州日日新聞や九州新聞に作品を持ち込み、紙面を飾った。大眉朝果（一末）、真崎白城、安永哀花（信一郎）、有田侠花、堤迷鳥、茂森白影（唯士）、三重野牧雨、西本白果（清樹）、高群逸枝などである。

石川啄木が『一握の砂』を発表した明治四十三年ごろ、熊本歌壇にきらめく明星が大眉であった。細工町の蝋燭《ろうそく》作りの職人の家に生まれた。回覧誌「明眸」を率いるが、仲間は早熟な少年たちで、抒情的な短歌を詠んでいた。安永は山頭火より十歳若い。欄間《らんま》作りの職人だった。歌人安永蕗子の父である。彼ら若い歌人たちは行きつけの酒場や街角で会うと、互いの肩をたたき合って、「悲しいではないか」と気取って言い交して別れたという。西本は早熟で才気があり、「かぞへとし十六の春ひとまねの歌みぐるしとののしられけり」と詠んだ。三重野は映画館の弁士となる。(安永信一郎『熊本歌壇私記』)

のちに山頭火と深くかかわるようになる茂森は、少年雑誌「日本少年」などの文芸欄の常連だった。熊本商業生らが始めた回覧誌「草昧《そうもう》」を主宰。大眉のライバルと見なされていた。大正二年、五高の下級職員に採用される。そのころ、坪井の見性寺のそばにロシア正教会の牧師として高橋長七郎が住んでいて、ロシア語を教えていた。九州日日新聞の後藤是山《ぜざん》、田川天民、五高教授の佐久間政一も学んでおり、茂森も通った。五高の教授高木市之助は茂森の容貌を「トルストイン伝に載っていた青年時代の写真にそれこそ瓜二つだった」と書いている。学生にまじって英文などの講義も聴講し、五高の校友雑誌「龍南」にも寄稿していた。

二景　兵列おごそかに過ぎゆきて若葉影あり

――新聞のなかの山頭火

九州新聞に山頭火の句

大正五年の九州新聞を繰っていたら、学芸欄の隅に「九州俳壇」という小さな欄があり、「白川及新市街」の若き俳人集団がそれに拠っているのに気づいた。もしやと思い、丹念に繰っていくと、八月三日付に種田山頭火の句が十三句掲載されている。山頭火が熊本に移り住んで四か月後ほどのことだ。○印は「層雲」未掲載。

白き窓

何おちしその音のゆくへ白き窓　○

□

兵列おごそかに過ぎゆきて若葉影あり

晝ふかし虞美人草のほろろ散らんとす　○

□

蝶のむくろ踏みにじりつつうたふ児よ　○

乞食がぢつと覗きをる陳列窓の夕日影　○

蛙さびしみわがゆく路のはてもなし

蛙蛙獨りぼつちの子とわれと

□

さゝやかな店をひらきぬ桐青し

□

扉うごけり合歓の花垂れたり

水前寺にて

水音の真晝わかれおしみけり　○

あたり暗うなりあふるゝ水かな

雲のかげ水渉る人にあつまりぬ

ぬかるみを踏みをれば日照雨かな　○

これら十三句のうち「さゝやかな—」など七句は荻原井泉水の「層雲」に発表し、『山頭火全集』にも収められているが、「何おちし――」「蝶のむくろ――」「水音の――」など六句は「層雲」には未発表。ことに「何おちしその音のゆくへ白き窓」の句は無季で山頭火にとって実験的なものではなかったのか。

八月十九日付にも次の四句が掲載されている。

　朝顔のゆらぎかすかにも人の足音す
　緑の奥家ありて朝顔ありし
　朝顔けふも大きくて咲いて風なかり
　海鳴り聞ゆ朝がほの咲けるよ

「雑吟募集市内東唐人町白川及新市街社宛」とあり、「朝顔の句を」と依頼され、投じたのであろう。「海鳴り聞ゆ――」は防府の海を思っての句か。「朝顔けふも――」を除く三句は『山頭火全集』に摘録されている。

山頭火の評伝に九州日日新聞に出入りしたと書かれたものがあるが、これは誤りで、九州新聞である。二紙はライバル関係にあったが、九州日日新聞は井上毅（明治憲法を起草、文部大臣）、古荘嘉門（第一高校長、衆議院議員）らを後ろだてに創刊され、紙齢も部数もはるかに九州新聞を上回っており、上通町のいまの熊日会館の場所にあった。

九州新聞はそのころ、練兵町にあり、木造二階建ての小さな洋館づくりだった。「通りをはさんで大和座（のちに歌舞伎座）があり、窓を開け放った夏の夕方など役者の乗り込みや、観客の出入りなどが青桐の葉うら越しにのぞかれた」と豊福一喜は「日本談義」昭和二十六年五月号に書いている。

大正六年、九州新聞に入社した豊福によれば、その社風は「自由でそしてほがらかであった」という。彼は熊本の若い歌人の群れのなかにいた時期があり、山頭火ともそのころから付き合いがあったかと思われる。

この二紙は戦時下の一県一紙政策によって昭和十七年四月一日付で統合され、熊本日日新聞社となる。

種田不知火

山頭火は大正五年八月十二日の夜、友枝寥平に伴われ、公会堂八号室の「熊本短歌会」に顔を出している。どしゃぶりとなり、街が水浸しになったなかでの歌会だった。呼びかけたのは上田沙丹で、「恋」の課題に次の二首が採られている。

恋ひ来つる筑紫の海に立つ波の白き月夜を独りかも寝む

ひとすじの砂原こみちまかゞやくわれとわれが影ふみしめありく

友枝寥平のスクラップ帳（くまもと文学・歴史館蔵）に収められた記事に見られる。いわば新参者としての挨拶歌であろうが、以前から恋い慕った筑紫の海に向かい、新境地での創作活動を誓う山頭火がそこにいる。そして、八月二十六日付の九州新聞に「詩人大会詠草」が掲載されていて「種田不知火」の一首が含まれる。

いさかひのあとのむなしさ耐へがたしダリアの赤きいや耐へがたし

あきらかに山頭火である。妻サキノといさかいをしたのだろう。店を始めたものの、素人商売だ。最初のころは神妙であったが、相変わらず酒にだらしがなく、ふらふらと出歩く。子供を抱え、ここで踏ん張るしかないと考えるサキノはついきつい口調になったであろう。家をとびだし、せかせかと歩けば、ダリアの真っ赤な花が目に飛び込む。暑苦しい熊本の夏である。

寥平のスクラップ帳のなかの「極光社短歌会」記事に種田不知火の号で次の二首も見られる。掲載日は不明だが、「しめやかに五月雨の訪れる夜」とある。

まづしさに耐へてはたらくわが前の桐は真青な葉をひろげたり

ふるさとにかへるは何のたはむれぞ雨の二日は苦しみにして

「雅楽多」で店番をしながら、店先の青桐を眺めている山頭火の横顔が浮かんでくる。いつの間にか青葉繁れる候となっていた。

ふるさとを捨て、逃げるように熊本にやってきたものの、防府に戻り、椋鳥会の句会にも出たが、雨も降り続き、山頭火にとって陰鬱な二日間であった。

「不知火」という号を用いたのはいまのところ、三首しか見つかっていない。若い歌人らにまじり、あえて「不知火」と名乗ってしゃれてみたのか。それとも短歌ではこの号を使おうと試みたのか。

極光社は工藤好美ら五高生らによる短歌結社で、大正六年四月一日、「オロラ」を創刊。「永遠の雪原に馴鹿の夢を奏でし極光は遂に南の國の若き人々の胸に生れぬ」と工藤は編集後記に書いている。短歌会には五高の図書館職員茂森唯士（白影）や卒業生の上田沙丹の名も見られる。沙丹は地橙孫とも親しかった。五高の快男児といわれ、東大に進み、大正日日新聞社上海特派員となり、客死する。斎藤破魔子（のちの中村汀女）と東大時代、文通していたという。

工藤好美の回想によれば、下通を歩いていたら、見なれない古本屋があり、立ち寄ってみると、簡素であか抜けていて、熊本では手に入りにくい文学書もあった。ぽつねんと番台にすわった近視眼の主人に好奇心を覚え、二、三度通ううちに言葉を交わすようになったという。

茂森唯士は「種田山頭火の横顔」と題し、「たしか草葉町の料亭『海月』であったと記憶するが、席上嘗《かつ》て見なれない中年の、歌つくりというより商店の番頭さんといった格好の風采のあまり上がらない男が出席していたが、それが山頭火であった。強度の眼鏡をかけた特徴のある大きな眼が人なつこい中にどこか鋭い光をおびており、屈託のない大きな笑声を立てるのが印象的であった」(「日本談義」昭和二十七年十二月号)と書いている。

山頭火は短歌会に来ても自分の詠歌が一番いいと思っていたらしく、互選でも自分の作に投じたという。

寥平は歌も文章も書いた。裏小路寥平とも称していた。入営していたのは熊本の軍隊であり、第一次大戦後の好景気のころだ。外出してきて、「雅楽多」をのぞくこともあったろう。兵役が終わると、熊本県立病院(現熊本大学医学部附属病院)に勤務した。無口で心根がやさしく、山頭火は「寥平さんといふ雅号そのものが、最もよく今日までの寥平さんの特質を形容している。私はそこにさびしけれどもあたたかに逍遥する魂のささやきを聞く」と山口県の河村義介の個人俳誌「樹」にその横顔を寄せている。

当地俳壇事情

大正五年「層雲」九月号の「誌友通信欄」に山頭火が消息を寄せている。当時の熊本の俳壇の動きも示され、興味深い。

「梅雨があがつてからたいへん暑うなりました、当地は毎日（華氏）九十度以上で半裸体の生活を送つております。当地俳壇は——月並老人を除いて——二派に別れております、一つは銀杏会が代表しているホトトギス派で、此派の方々には社会的地歩をシッカリかためた中年の人が多く、他は新傾向派の反逆者と目せらるる白川及新市街の人々で、少壮気鋭の方が多いようであります。私は当地へ来てもあまり句会へは出ませんが一度ずつ両派の会合へ顔をのぞけました、俳人に思想を持たないものが多いには驚きます、作を通して見たよりもいつも会つた方が詰りません、俳壇にはハムレットもおらずドンキホーテもおらず、モツプばかりであります、層雲誌上で親しみのある方々には橋本左（砂）馬太氏（旧号鮫人氏）がいられます、当地の内国通信支店員で折々訪問せられます、大牟田には、木村兎糞子がおられるそうでありますが、まだお目にか、りません、二三人同志があれば小さな会を時々開いてお互の研究に資したいと考へております」

木村兎糞子はのちに山頭火の最大の理解者となる緑平のことだが、「白川及新市街」第十一号（大正四年九月一日発行）に「尻跡の暖たかうくぼみぬる砂よ」という句が見られる。

山頭火のいう「月並老人」のことをまず説明しておくと、熊本には細川幽斎を元祖とするお家流の結社「樨楓社《せいふう》」があった。その九世宗匠黒川漱石（医者）は、夏目金之助が五高に赴任してきて、同じ俳号の漱石を名乗り、紫溟吟社を始めたのには大いに困惑させられたようだが、亡くなったのは昭和三年でまだかくしゃくとしていた。九州新聞に「漱石庵観月句会」の記事（大正六年十月四日）が見られ、そのときの黒川漱石の句は「歌に干す硯の海や今日の月」。

ホトトギス派の銀杏会の中心人物は広瀬楚雨だった。山頭火とほぼ同年で、九州日日新聞の「九日俳壇」の選者を引き受けていた。上通町五丁目で製茶販売を営み、俳人らのたまり場になっていた。そのたまり場の常連は三浦十八公。八代本町で薬局を営んでいたが、身持ちが悪く、家もつぶした。「裏町人生」「上海ブルース」「夜霧のブルース」など多くのヒット曲を生んだ作詞家島田磬也は十八公が熊本の女性に生ませた子だ。

日曜日などの休日に現れるのは末次青雉《せいち》であった。熊本電気会社の土木技師で、のちに後藤是山を助け、「かはがしら」（のちに「東火」）を支え、熊電句会を率いる。三人で雑談をしていたところに上通生まれの放浪の歌人宗不旱が入って来た。四人で句会を開いた。初夏で「夏川」という題にした。不旱の句は「夏川や燕は白き腹返す」。楚雨はさすがと感吟し、「号は石芝にしますか」と聞くと、「狐口としてください」と言った。

楚雨は熊本市古町の旅館の家に生まれ、十代から俳句を始め、紫溟吟社に第二回句会から加わっていた。それは明治三十三年二月十一日、一本竹町の南山楼が会場で、漱石の姿はなかったが、そのときの顔ぶれは幹事の池松迂巷、五高生の厨川千江、白仁白楊（のちの坂元雪鳥）、山口誎江、六師団関係が法務官の渋川玄耳（柳次郎）とその上司川瀬六走に中村桂州、小塚雪枝の四人、それに質屋である池松家の番頭、斎藤西溟。あたふたと現れた玄耳が「僕ンところに来る郵便の表書きが、よく渋川柿次郎と書いてくるがアレには困る」と言ったら、みんなドッと笑った。迂巷もまだ数え年の二十五歳、楚雨は二十歳だった。

紫溟吟社名跡事件

玄耳や迂巷らが熊本を去ったあとも楚雨らは紫溟吟社の名を用いていたが、五高生の俳句愛好者らが「夏目先生の時代にできた結社を街の俳人たちが勝手に使うのはけしからん」と言っていることを知り、楚雨は憤慨する。「漱石の在熊時代から五高生より土地の者や師団の人が多かった。五高の紫溟吟社と考えず、熊本の紫溟吟社として守り続けて来たつもりなのにケチ臭い、今日限り断然紫溟吟社から離れよう」と幹部との協議の結果、「銀杏会」と名乗ることになったという。「紫溟吟社名跡事件」とでもいおうか。発会式を子飼のよねや菓子店の二階で開いた。それは明治四十二年春のことで、五高生らの参加もあった。「朧」の題で五高生水郷（酔郷とも）の句「洲に着くる舟の腹摺る沙朧ろ」を楚雨は記憶している。その水郷なる〝五高俳人〟は江口渙である。河東碧梧桐の門下で新傾向の俳句を作っていて、東大に進学すると、漱石山房に出入りし、のちに左翼の作家となった。

その翌年は清正公三百年祭で、四月、碧梧桐が熊本にやってきている。それを手配したのは五高の俳人たちで、学生二人が楚雨の店に訪ねて来て、歓迎句会の協力を依頼した。碧梧桐嫌いの十八公は「歓迎句会などもってのほか、隣室で非歓迎会を開くべし」といきまいたが、銀杏会も参加することにし、南山楼の座敷は熊本の俳人らで埋まった。こうして見ると、いわゆる新傾向の俳句は五高生らが中心となって熊本では始まったということだろう。大正五年ごろから楚雨は店をたたむことを考え、「九日俳壇」の選者に三浦十八公を後藤是山に推薦する。七年正月、十八公選で斎藤破魔子（のちの汀女）がデビューする。

楚雨はその年の初秋、中国の青島に住む妻の兄のもとに遊びに行くと、朝日新聞を辞めた渋川玄耳が単身暮らし、弁護士事務所の看板をあげていた。住みやすいところのように思え、職もすぐに見つかるという話に十一月、家族とともに熊本を去り、移り住んだ。

以上、広瀬楚雨「俳壇反魂香」（「日本談義」昭和四十一、二年）から。

青木月斗が大阪から夏冬必ず薬種問屋の仕事も兼ねて熊本にやってきて、是山の呼びかけで、句会が開かれていた。月斗の妹は碧梧桐の妻である。江津湖で屋形舟を浮かべての句会には汀女も加わっている。十八公は宮部寸七翁に汀女の俳句の指導を任せ、上京する。

瘦脚も菓村も自由律俳句から離れ、山頭火のいう「新傾向派の反逆児」の時代はごく短かったようである。菓村は大正六年ころから新傾向の俳句から遠ざかり、戦後、熊本市白山町に住み、是山の「東火」に属し、白山句会の世話をした。

三景　けさも雨なりモナリザのつめたき瞳

——雅楽多で店番をする山頭火

貧乏の味

山頭火は大正六年「層雲」一月号に随筆「白い路」を寄稿している。そこには青桐が葉を落とした晩秋の山頭火の〝ある日〟が描かれている。いくらか省略しながら、現代仮名遣いにあらためて紹介したい。

——妻がもう起きて台所をカタコト響かせている。その響きが何となく寂しい。ガバと起きて、店の掃除をする。手と足とを出来るだけ動かす。親子三人が膳の前に並ぶ。暖かい飯の匂い、味噌汁の匂いが腹の底までしみ込んで、心配も不平もいつとなく忘れてしまう。朝飯の前後は、私のようなものでも、いくらか善良な夫となり、慈愛ある父となる。今日は朝早くからお客さんが多い。店番をしながら、店頭装飾を改める。貧弱な商品を並べたり拡げたり、額縁を出したり入れたりする。自分の欠点が嫌というほど眼について腹立たしい気分になるので、気を取り直しては子と二人で、栗を食べた。なかなか甘い。故郷から送ってくれたのだと思うと、そのなかに故郷の好きな味わいと嫌な匂いとが潜んでいるようだ。

午後、妻子を玩具展覧会へ行かせる。久々で母子打ち連れて外出するので、いそいそとして嬉しそうに出て行く。その後ろ姿を見送っているうちに、覚えずほろりとした。くだらない空想を払い払い、仕入れの事や、店頭装飾の事を考える。絵葉書とか額縁とか文学書とかいうものは、陳列の巧拙によって売れたり売れなかったりする場合が多い。同業者の一人が「我々の商品は売れるものではなくて売るものである」といったそうであるが、実に経験が生んだ至言である。

二時間ばかり経って、妻子が帰って来た。子供が、陳列してある玩具を片端から買ってくれといって困ったという。まだ困った顔をしている――滑稽な悲劇である。

夕方、駅から着荷の通知があった。在金一切掻き集めて、受取に行こうとしているところへ、折悪く納税貯金組合から集金に来た。詮方なしに駅行をやめる。今日もまた、貧乏の切なさを味わせられた。――もうだいぶ慣れて、さほど痛切ではないけれど。

私は「貧乏」によって、肉体的にさえも二つの幸福を与えられた。一つは禁酒であり、他の一つは飯を甘く食べることである。そして私は貧乏であることによってますます人間的になり得るらしく信じている。もし貧乏に哲学があるとすれば、それは「微笑の哲学」でなければならない！

夜は早く妻に店番を譲って寝床へ入り込む。いつもの癖で、いろいろの幻影がちらつく。私の前には一筋の白い路がある。果てしなく続く一筋の白い路が。

この文章から見ると、早い段階から絵葉書や額縁なども並べていたようである。というよりもともとそういう店を開きたかったのでは。「雅楽多」という屋号からそう思える。古本は文学書が中心で、絵葉書、泰西名画の複製品、額縁などが並び、山頭火の美意識でもって店のレイアウトがなされていたのだろう。ここで売っているものは米や野菜、荒物といった生活必需品ではない。文学書も含めて、いわば趣味の世界である。「我々の商品は売れるものではなくて売るものである」という言葉に、山頭火のこの店にかけたものも伝わってくる。

寝床のなかで見た幻影とは、まっすぐに続く白い路を歩いている自分の姿ではなかったのか。それは行乞漂泊を続けることになるデジャヴュ（既視感）でもあり、「白い路」は行乞での俳句のモチーフにもなっていくようにも思える。

まつすぐな道でさみしい　（昭和四年「層雲」托鉢の旅を続けつつ）

九州新聞に投句欄を持つ

大正六年（その年はロシア革命の年であるわけだが）、山頭火は熊本での二度目の夏を迎えた。「層雲」八月号に山頭火は「当地もすつかり夏景色になりまして『森の街』が最もよくその姿を飾つております」と寄稿している。山頭火にいわせると、熊本は街のなかに樹があるというより樹のなかに街があるというほど樹木の多いところで、その青葉若葉の下で山頭火をはじめ多くの人が働いており、その青葉と人々とを見つめているうちに涙ぐみ、「若葉若葉かゞやけば物みなよろし」という句を得たと書いている。

そして、「句は作者の人格ないし生活を離れては存在しない」ということを考えるようになり、「句は人格の光であり、生活の力である」と思うようになったという。

その年の七月、九州新聞の学芸欄の片隅に「白光会句鈔」という小さな投句欄が現れる。選者は山頭火。「自信ある句を募る。投稿は市内下通町一丁目雅楽多書房白光会宛の事」と呼びかけている。投句者に緒方緑霞、橋本砂馬太、宇都宮虚栗、吉村銀二、水島慕城、高瀬楚風、安武踉々といった名が見られる。橋本砂馬太は「層雲」誌友で、吉村銀二は詩人の吉村光二郎と思われ、緒方緑霞は師範生のころから出入りしていた緒方晨也のことだろうか。

主宰者の山頭火が手本として示した自作次の通り。〇印は『山頭火全集』未掲載。

汽車が吐き出す人むきむきに暮れてゆく　○

桐並木その果てのポスト赤し　○

積荷おろす草青々とそよぎをり

入日まともに人の家焼けてくづれぬ

つかれし手足投げ出せば日影しみ入る

けさも雨なりモナリザのつめたき瞳　○

山頭火は「白川及新市街」の同人芳川九里香に宛てた書簡のなかで「印象詩として第一歩を踏み出した俳句は象徴詩として完成されなければならない」と強調しているが、ここに見られる句はまさに「象徴詩」をめざしたものだ。どこかシュールでもある。青桐の街路樹の向こうに赤いポストが見える。印象派の世界だ。「モナリザのつめたき瞳」とは店に飾られたダ・ヴィンチの複製画であろう。この新しさはどこまで熊本の俳句愛好者に受け入れられたのか。思ったほどには俳句は集まらず、「新しい句を募る、内容形式すべて自由」と再度呼びかけている。

その年の九月、熊本市内で子規忌句会が催されている。一か所は南千反畑吉田病院宅で、ここには広瀬楚雨、三浦十八公、後藤是山《ぜざん》らが集い、九州日日新聞に句会や選句が報じられている。もう一か所は公会堂の部屋を借りて集っている。「空は曇つて星一つ見えず、暑苦しいこと甚だしい。スイッチをひねつて電燈をパッと付けると、出来るだけ短く切つた山頭火の頭が光りだす」と九州新聞にユーモラスに描かれている。

鳴子ひくその手のふとさあかるさは　山頭火

「白光会句鈔」から山頭火の自作の句をあげてみよう。○印は『山頭火全集』未掲載。

うらゝかに日が照りて人の影遠し　○
一人となれば仰がるゝ空の青さかな
監獄署見あぐれば若葉匂ふなり
親子顔をならべたりいまし月昇る
砂利の明るさ沁み入る雨の明るさ踏まん
茂り下ろすやその匂ひなつかしみつゝ
街あかりほのかに水は流れけり　○
蝉ねらふ児の顔に日影ひとすぢ
馬子は水瓜をかじりつつ馬はおとなしく　○
ガラス戸かたく鎖されし窓々の入日　○
力いつぱい子が抱きあぐる水瓜かな　○

昇る日しんがまはだかの人立てり

水玲瓏たり泳ぎ児のちんぽ並べたり

ふく水に影うつすカンナの赤さ　○

みんな安らかに暮しをり花桐こぼる　○

路地のかはたれ犬にものいふ女也し

重荷おもければ足許の草の美くしき　○

草に投げ出す足をつたうて蟻一つ　○

石工一日石切る音の雨となりけり　○

街のまんなか掘り下ぐる土の黒さは

真夏真晝の空の下にて赤児泣く

四景　活動の看板畫など観てありくこのひとときはたふとかりけり

――新市街の雑踏のなかで心の安らぎを

熊本は悲しい土地

青桐の葉が黄ばんで、落葉を始めるころになると、山頭火は気落ちしている。紙面を提供され、張り切って始めた「白光会句鈔」だが、作品が集まってこない。山頭火は自信家であっただけにこたえるところもあっただろう。半年ほどしか続かず、そのあとをとってかわるように吉武月二郎選が登場する。

月二郎は福岡県宗像郡の農家の生まれで、山頭火より二歳年少だ。父母を失い、大正二年秋、日田を経て熊本に流れてくる。迎町のちくわ屋に住み込み、行商人となり、句会に出入りし、鹿本郡植木町（現熊本市）の勇巨人、西島麦南（のちに岩波書店に入社、校正の神様といわれる）と知り合い、同町に居を移す。ホトトギス雑詠欄の巻頭を飾ったことから飯田蛇笏に知られ、「キララ」（のちの「雲母」）に創刊号から参加している。月二郎選になると、投句の数も増えていく。

山頭火は年少の句友、大分県中津町船場の松垣昧々への手紙（大正六年九月九日）に不満の数々を綴っている。

不満の矢は「層雲」にも向かっている。

「力のない句、表面ばかりの句、新派短歌の糟糠《そうこう》を嘗《な》めてゐるやうな句、そういふ句が、我々にはかなり多くなつたと思ひます、井師も此点を憂へて新らしい強者の天地を開拓しよう努力してゐられるやうに思ひます、私もそういふ境地を念じてはゐますが、生来の遅鈍と近頃の倦怠とはたゞ念ずるばかりに終らせてをります」。そして、「当地俳壇の沈滞といふ外ありません、我々と傾向を同じうする人も二三人ありますけれど、まだ独自性を発揮したものではありません、旧・・・・・・白川及新市街の人々はあまり句作せられません、ホトヽギス派の人々は可なり多人数のやうに思はれますが、作といふほどの作には接しません」

またこうも書いている。

「熊本は私にとつて悲しい土地となりました、私も都合よく運べば上京するやうになるかも解りません、上京したつて何も出来ますまいけれど、熊本にゐるよりはもうすこし意義ある仕事をなし遂げたいと考へてをります。しかし現在の事情では当分熊本の砂ぼこりにまみれてあえいでゐる外ありますまい」

もう一人の巡礼者

大正七年（一九一八）六月四日、高群逸枝が京町の専念寺の門前で見送られ、娘巡礼の旅に出ている。代用教員を辞め、九州日日新聞の女性記者になろうとするが、果たせず、代わりに四国巡礼を思い立ち、社会部長の宮崎紅亭から十円受け取ってのことだ。人力車で熊本市内を抜け、小磧橋で降りると、阿蘇路を歩き出す。「ちょっと出てごらん、可愛い巡礼さんが」という声に顔が真っ赤になるが、すでに二十二歳だった。大津まで若者がついてきた。古河節夫といい、逸枝のもとに血書を送りつけくる年下の歌人だ。「娘巡礼記」は半年間、百五回にわたって連載され、大変な反響を呼んだ。旅先から送って来る原稿を宮崎は同僚の後藤是山に見せ、「まだ十八、九ということにしてありますが、それでいいでしょう」と言って笑ったという。

逸枝は九州新聞にも「巡礼の歌」を送っている。

立ちつくし夕暮人を戀ふる身の心に甘き此の鐘の音よ

彼女には将来を誓った三歳年下の橋本憲三がいたが、憲三が彼女の愛をはぐらかし、いわば失意の旅であった。のちに二人は一緒になり、東京で暮らすことになるが。四国巡礼について、逸枝は「汚辱の沼を脱出して、漂泊の旅をつづけることにより、『いかに生くべきか』の問題を解決したいのが、この旅行の願いだった」と自叙伝に書いている。

山頭火はこの「娘巡礼記」を読んでいたのか。九州新聞ひいきの山頭火が九州日日新聞を購読していたかは不明だが、県庁そばにあった図書館に出かけ、読んでいたのでは、と思う。読んでいたとしたら、彼女の大胆さに驚き、巡礼記が低層の社会ルポになっているのに気付いたはずである。

活動写真の絵看板を見上げる山頭火

この年の七月二十四日午後六時から公会堂八号室で「熊本短歌会」が開かれている。参加したなかには大眉一未、安永哀花（信一郎）、木庭春浦、明午蘇水、それに高群逸枝を追っかけた古河節夫も。これら二十六人のなかに山頭火の姿もあった。

この短歌会での山頭火の歌は―。

活動の看板畫など観てありくこのひとときはたふとかりけり

岩国愛宕山山中で自殺した山頭火の弟、二郎の遺体が発見されたのは同月十五日だ。死後一か月ほど経過していたらしい。警察からの連絡で山頭火が遺体の引き取りに出かけ、荼毘《だび》に伏して帰って来て、一週間ちょっとしか経っていない。山頭火は弟の死に「今はただ死ぬるばかりと手を合わせ山のみどりに見入りたりけむ」と弔歌を詠み、「またあふまじき弟にわかれ泥濘ありく」と作句している。

それでいながら、新市街の活動写真の絵看板を見上げ、「このひとときはとふとかりけり」と思う山頭火がいる。この落差はなんだろう。

幼年期での母の不幸な死というトラウマに次いで弟の自殺を、山頭火に関する多くの本は深刻にとらえているが、弟の死はショックで、悲しむことではあったろうが、それはひとつの「終わり」を意味したようにも筆者には感じられる。山頭火にとって正直、肩の荷がおりたところもあったのでは。過去からの解放―という解釈も成り立たないだろうか。新市街の雑踏の中にいて、ひとときの心のやすらぎを覚えているのだ。「雅楽多」の主人としては活動の絵看板を見るのもまた仕事であった。活動小屋が盛況であれば、店で扱っていた俳優のブロマイドもまた売れるのである。

山頭火が上京し、熊本にはいない時期だが、大正九年、新市街に高浜虚子のホトトギス派の俳人宮部寸七翁が「電気ぱんぢゅう」という看板をあげていた。いまのベーカリーで、喫茶店も兼ね、ちょっと気取って「汎自由亭」とも称し、歌人や俳人らのサロンとなった。隣は電気館で、活動写真の絵看板が目を引き、にぎやかな呼び込みの声や楽団の音が店のなかまで聞こえてきたという。石畳をせわしく歩く下駄の音が響いた。

活動写真の弁士となった三重野牧雨は「活辨の悲哀」としてこんな歌を詠んだ。

さくら咲く日は活辨もゆつたりと煙草を吹かし歩くなりけり

寥平に宛てた借金依頼状

平成三年五月、筆者は熊本市上郷に住む友枝寥平の長男久士《ひさと》氏を探し当てた。家を新築されて移ってこられていた。米屋町の跡地は熊本市の西消防署になっている。「あのタンスのなかに入っていると思いますが、開けたことがありませんので」とおっしゃった。一緒に開けたら、山頭火の未公開の書簡、書、短冊、写真、それに地橙孫が昭和三十二年に亡くなるまで二人で続けていた「清明」を綴じたものがまとまって出てきた。

そこにはこんな手紙もあった。

「昨夜はたいへん失礼をしました、あゝいふ事情で私はまだ帰れないので是家で苦しんでをります、実は昨夜おそく工藤さんは帰りまして此家のゲルトを持つてくる約束ですが、まだ来ませんので、是家はやかましくいひますし、私が出かける事は出来ませんし、途方にくれてをります、で、実に御迷惑でありますが、どうぞゲルト弐十円貸して下さいまし、私が帰りさへすれば必ず心配してお返しいたします、今あなたに救つていただかなければ私はどうする事も出来ません、事情はよく御存じ故くどく申挙げるまでもありますまい、どうぞよろしく頼みます　此手紙は此家の仲居さんが持つてゆきます、此人には返事を下さいまし　とりいそぎ、おたのみまで

七日午後十時

牢獄にて　　山

寥平兄　　　侍史」

山頭火が料亭でさんざん遊興し、お金が足りなくなって、仲居さんに持たせた借金の依頼状だ。障子紙に一気に書いており、二日酔い後のしおれた気分にしては筆に勢いもあり、なかなかに味のある字だ。「しかし、これを公開するのは山頭火さんに少し気の毒ですね」と久土氏はやさしく笑われ、父寥平の笑顔もこうではなかったのか、と思った。

この借金依頼状に出てくる工藤とは五高生の工藤好美であろう。工藤は先に帰り、料亭の支払いのお金を調達すると言ったものの、なかなか戻ってこない。学生の身で土地の人間ではない。大分県佐伯出身だ。そう簡単にお金をこしらえることなど出来なかったろう。料亭はうるさく言う。まるで牢獄に押し込められたようで、友枝寥平に助けを求めたというわけである。寥平は二

十円、仲居に渡し、無事放免。ただし二十円は返さなかったと思われる。手紙だけが残った。

いっとき工藤は姿をくらます。山頭火は山口県小郡の伊東敬治に「工藤さんの近況ご存知ありませんか」と葉書を出しており、それは大正七年七月十七日である。小郡農学校を出た伊東と五高生の工藤がどういう関係で知り合ったのか、よくわからないが、工藤が下宿していた寺に泊まっていたら、「朝、山頭火がどろどろに酔って来て、何か分からないことをべらべらしゃべっていた。何だか怖しかった。私としてはあんなに酔った人間を初めて見たからである。その後、彼が私の郷里であること、その人柄等から親しくなった」（『山頭火全集』月報）という。伊東に宛てた葉書から推測すれば、山頭火の無銭飲食騒ぎがあったのはその十日前の七月七日のことになる。弟二郎の自殺死体が発見される八日前のことだ。

五景　海よ海よふるさとの海の青さよ

――山頭火を生んだ瀬戸内の風土

海明かりのするふるさと

山頭火が生まれ育った防府は瀬戸内海に面し、海明かりがし、温暖な土地である。江戸時代から製塩が盛んで、戦後も塩田が広がっていた。

種田家は近在では屈指の地主だった。八百余坪の敷地に本門構え、文政十年（一八二七）建立の母屋があり、裏には納屋、その東には土蔵があったという。自宅から三田尻駅（ＪＲ防府駅）まで八百メートルの距離であったが、他人の土地を踏まずに行けたのが種田家の自慢だったという。三田尻駅の開設は明治三十一年で、それまではもっぱら海路であった。三田尻港はかつて毛利萩藩の海の玄関として栄え、港の方には種田家の菩提寺本願寺派の明覚寺があり、祖母ツルは熱心な門徒であったという。

屋敷の広さは分かった。では、どのくらいの田畑を所有していたのか。どのようにして財をなし、失ったのか。明治維新を成し遂げ、多くの元勲を出した長州である。先祖に奇兵隊の参加者一人ぐらいはいてもよさそうだが、そうした話はなさそうである。明治に入り、地租改正令で大地主が出現する。地租税を払えない農民の土地が有力地主のもとに集中していく。こうして大地主が成立した。種田家もそうした地主ではなかったのか。

防府天満宮の宮前町で栄えた宮町に正米会所が設けられ、そこで米相場がもたれる。父竹治郎は村の助役にも選ばれ、自信家でもあったろう。米相場に手を出す。料亭五雲閣に出入りし、愛妾もでき、妻を自殺で失うとその愛妾を後妻に入れる。相場で大損をし、田畑を失い、家屋敷も取られる。息子の正一（山頭火）の名義で隣村の大道村の造り酒屋を買い取って、始めた。温暖なところでは酒造りは難しい。それに水も悪かったという。素人が手を出すべきではなかったのだ。山頭火は佐波郡和田村の山林地主、佐藤家の長女、サキノと結婚、健も生まれるが、二度続けざまに酒を腐らせ、倒産。親族らに迷惑をかけ、郷里におれなくなり、一家離散ということになったというわけであろう。

つくられたイメージ

打ち明ければ、筆者は山頭火のふるさとを訪ね、取材したわけではない。風景を眺めてくるだけでもずいぶん違う。書店をのぞき、郷土史の本を買ってくるだけでもいい。今回もそのつもりだったが、熊本地震が起きた。余震を怖がる家人を残して出かけることにためらいが生じ、出かけないまま書いている。防府には降り立ったことはないが、列車の車窓からは何度も見た。中学二年の修学旅行は関西だった。塩田が広がっていた。昭和三十四年三月のことで、まだ高度成長が始まる前。いまより「山頭火の原郷」に近い風景であったろう。

五、六年前、山頭火の妹シヅの孫である町田利久氏が夫人を伴い、熊本近代文学館に見えた。水田とミカン栽培の専業農家で、地域のリーダーのようだった。町田家にあるべき山頭火の葉書がなぜ、当館に展示されているのか、そのあたりのいきさつも尋ねられた。説明するとすぐに納得していただいたが、笑顔のいいご夫婦だった。農業をしながら、しっかりと生きておられるという印象だった。

山頭火に関する本をまわりに積み重ねて書き進めているが、村上護著『種田山頭火』(ミネルヴァ書房)には、山頭火の母フサは屋敷の井戸に飛び込んだのではなく、別な方法で自死したという説が紹介されている。

フサは三男をお腹に抱え、病に倒れる。肺結核と診断され、出産は命取りになると心配されたが、無事出産。しかし、症状が重くなり、心も病み、母屋に接した長屋部屋があてがわれていたが、梁に荒縄をわたし、自ら命を絶ったという。発見したのは姑のツルだった。朝餉《あさげ》の支度を膳にしていつものように運んで行って気づいた。ツルはあわてふためきながら、母屋に立ち返り、助けを求めた。竹治郎が寝巻のまま駆け付けたが、すでにこと切れていた。フサの姿は誰もが顔をそむけたくなるほど無残だった。それが事実なら、竹治郎が愛妾と別府に遊びにでかけていたという話も崩れてしまう。

この説をとなえたのは川島惟彦という人で、昭和五十年一月から九月にかけて「層雲」に連載されたというから、発表されてずいぶん月日が経っている。

フサが井戸に飛び込んで亡くなったという話は、戦後、大山澄太が防府に出かけ、種田家の屋敷跡の一画に住んでいた河本という人から聞き出したものだという。昭和三十二年発行の『俳人山頭火の生涯』で初めてその様子が明らかにされたと村上は書いている。その河本という人は山頭火より三歳年上、近所の遊び仲間であった。昭和二十九年十月、防府市の山頭火生家跡の近くに「雨ふる故里ははだしであるく」という句碑が大山の揮毫で建立されており、その除幕式に出席した際に生家跡を訪ね、その人に会ったようである。

大山の別の著書『山頭火の道』（昭和五十五年発行）に収められた「自殺した母を慕う山頭火」という文章では、湯田温泉（山口市）の「風来居」を捨て、四国に渡る日の朝、広島の大山の家で山頭火自身が「母はぼくが十一歳の時、三十三歳の若さでうらの井戸に飛びこんで自殺したのだ」と語ったことになっている。納屋で五、六人の友達と芝居ごっこをしていたら、母屋の方が騒がしいので走って行ったら、井戸のそばに引きあげられていて、「お母さん」と言って抱きついたという。「体は冷たく、顔は紫色だった」と山頭火は語ったというが、これは少しばかり小説的表現では、と筆者も思う。

大山は山頭火の顕彰を急ぐばかりに〝自作自演〟も多かったのでは、と一部で言われているようだが、もともと大山は山頭火の語り部であり、説話者である。戦後は松山で「大耕」という修養雑誌を出し、あちこちに講演に出かけた。語り部というのは聞き手に感動を与え、教訓も与えなくてはならない。しかし、大山が残した文章のなかにはヒントも隠されており、読み方次第では新しい発見にもつながる。あとで資料（新聞記事）を示すが、少なくとも昭和二十六年時点では、大山はフサの死は入水自殺と思っており、山頭火の妻サキノの前でそう話している。（二十景　座談会「山頭火の思い出」）

山頭火は早稲田を神経衰弱で中退し、自殺願望を持っていたということで、暗い人間に描かれがちだが、瀬戸内の海明かりのする風土を反映し、向日性のタイプではなかったのか、と筆者は考える。彼の生き方を見れば、そう思えてくる。尻がすぼまないが、どこか大胆である。雲水になり、諸国を行脚するなど、思いはしてもそう誰もが実行できるものではない。「層雲」の句友のもとを訪ねて行き、一宿一飯の世話になっても悪びれない。雲水の後ろ姿を撮らせてほしいと年若い句友、近木黎々火にいわれると、ポーズを取ってやる。一見、破滅型の人間に見えながら、実はそうでもなかったのでは。

海よ海よふるさとの海の青さよ　（大正六年）

この世に文学があるという意味

山頭火が文学にめざめたのはいつごろか。山口中学の四年に編入し、文化部弁論部で活躍し、原稿を回覧していたようで、早稲田に進み、文学科を選考する。しかし、退学し帰郷してしまう。地元の文芸誌「青年」に翻訳や俳句を発表するようになるのは案外遅く、長男健が生まれたあとで、二十八歳。いったん、火がつくと、実に精力的に創作活動を始める。中央の文芸への目配りも怠ることもなく、雑誌や本を取り寄せた。

文学にめざめてしまったら、どうなるか。

熊本在住の文学者、渡辺京二氏が地元の詩とエッセイの雑誌「アンブロシア」に「私は何になりたかったのか」という文章を寄せている。

大連で育った渡辺氏は小学四年生のとき、「志望」を問われて、航空機関技師と答えた。「世界一の戦闘機を作ってやろう」と考えていたという。「だが、中学二年になって文学というものがこの世に存在すると知った途端、万事が変わった。その後私は何かになろうという気がなくなったのである。文学をやりたい、詩を書きたい、文章を書きたいというのは、真の人間として生きたいということで、何かの職業人になることではないのだ。(略)それは生命活動そのもの、つまり息をするのとおなじなのだ」

また、「文学をやる人間というのは、イメージとしては世捨て人に近かった。世間の外に生きていて、しかし人間がなつかしく、人間の周りあたりをうろうろして一生すごす人間、一所不在の漂泊の人というイメージだった」。まるで山頭火を指しているようにも思える。

山頭火は山口中学から東京専門学校高等予科(早稲田大の前身)に進むが、その前に熊本の五高にあこがれ、受験したもののあえなく失敗しているという。山口中学の同期生がそう証言していると村上護の『種田山頭火』にある。直接、その証言を得たのは村上でなく、山頭火の母の投身自殺説に疑問を唱えた川島惟彦氏で、おそらく五高受験失敗は事実であろう。佐藤栄作など山口県から五高に入学したものは多い。まして五高では漱石も教えた。もし、五高に入学していたらもっと青春を謳歌し、萩原朔太郎(一年だけ在籍)や下村湖人、大川周明らの先輩になっていただろう。

「層雲」に加わる

荻原井泉水が「層雲」を創刊したのは明治四十四年（一九一一）四月、まだ二十七歳の颯爽とした青年だった。東京・芝区神明町の生まれ。一高、東大に学ぶが、ロンドンから帰朝した漱石が一高教授に赴任してきたとき、歓迎句会を開いている。河東碧梧桐に勧められ、「日本及日本人」にゲーテのことを連載した。「ゲーテの自然観、人生観、詩、ことに寸鉄詩（エピグラム）からの示唆が私に日本特有の俳句というものの精神に新しい感度を与えた」と井泉水はのちに書いている。

その井泉水のもとに早稲田大学文科中退でロシア文学をかじった山頭火が加わった。というより「層雲」に投句を始めた。大正二年（一九一三）三月号の井泉水選に田螺公《でんらこう》の旧号で「窓に迫る巨船あり河豚鍋の宿」他一句が採られている。井泉水はこの「窓に迫る―」という句を手にしたとき、瞠目したのでは、と思う。句としてすでに高いレベルにあり、どこかシュールで映像的である。

山頭火の方が井泉水よりも二つ年上。旧制中学（私立周陽学舎→山口中学）のころから俳句を作っていたようだが、早稲田を中退し、郷里に戻り、郷土雑誌「青年」に加わり、モーパッサンやツルゲーネフの英訳本からの部分翻訳、随筆、俳句などを発表するようになる。翻訳、随筆などでは山頭火、俳句では田螺公という号を用いている。これら文芸活動を盛んに行うようになったのは結婚をし、長男健が生まれたのちのことのようである。

文芸雑誌「郷土」を創刊したのは大正二年八月で、「層雲」に投句を始めたあとだ。タブロイド判四つ折の四ページ。「白川及新市街」と同じスタイルで、当時流行ったのだろうか。「新しき郷土へ」と題して、山頭火が創刊の辞を書いていて、「新しさは発見であり、独創であり、生みの力である」と意欲的な言葉が続く。俳句、短歌、詩もあり、編輯兼発行人は種田正一、編輯後記に「編輯から発送まで、殆んど一切の事務を私一人で処理するのですから、仲々思ふやふに手が届きません、殊に私は可なり多忙な職業を抱へています。私は店番しつゝ、本誌を編むのです」と書いているが、何号まで続いたのか。家業の方が二年七か月後にはつぶれている。（柳星甫「文芸誌『郷土』と山頭火」昭和二十八年六月「大耕」）

山頭火の俳号で「層雲」に投句した初期作品には「子と遊ぶうら、木蓮数へては」「新居広やかに垣もせぬ蛍淋しうす」「今日も事なし凩に酒量るのみ」といった平穏だが、どこか物悲しい家庭生活を詠んだ句が見られる。それは家庭への不満というより、文学を志す者として満たされていない自分への哀しさであろう。

「層雲」には全国から新鋭の俳人らが集まってきたが、山頭火はいくらか年かさの異能の俳人と映ったかと思われる。井泉水は山頭火から送られてくるエピグラムを次々に採用している。
○遊蕩の悲哀といふことがある。一歩進んで、遊蕩の真摯といふことがありうる。
○生きたくもなくまた死にたくもないといふ心と、生きたくもありまた死にたくもあるといふ心と、どちらが真実の心であろふか。
○欠伸をしても、涙は出るものである。
○酒は人を狂はしめることはできるが、人を救うことは出来ない。
○人間の幸不幸はお天気次第だ、と考へざるを得ない場合が時々ある。
○妻があり子があり、友があり、財があり、恋があり酒があつて、尚ほ寂しいのは自分といふものを持つてゐないからである。
松山の野村朱鱗洞は「私は山頭火氏が時折漏らさるゝ、あの痛々しい内容の叫び、悲痛の哲理を拝見する度に、氏が詩（長詩）を作られたならと常々思つてをります」と評している。

井泉水は「層雲」の句友獲得を兼ねて、各地を巡っており、大正三年十月二十七日、山口県熊毛郡の田布施駅前旅館での歓迎句会町に山頭火も加わり、井泉水に初対面し、翌日、防府に同道し、地元の椋鳥句会に案内している。井泉水とは意気投合したようで、そこで師弟関係が結ばれたというより、山頭火とすれば、客分として身を寄せたつもりで、井泉水もそれをよしとしたのではなかろうか。山頭火がしばらく俳句から離れ、「層雲」に戻って来たとき、井泉水は「私の古くからの友人」といった表現を使っている。

祖母ツルと弟二郎の死

くまもと文学・歴史館（熊本近代文学館から拡充・改名）には、友枝寥平、白石默忍禱（基）、松垣昧々、斎藤清衛などに宛てた山頭火の葉書が収集されている。そのなかに山頭火の妹シヅが嫁いだ町田家に宛てたものが四通あり、『山頭火全集』書簡集には掲載されていない。

文学館が開館される際、山頭火も小泉八雲、夏目漱石、徳富蘇峰、蘆花、中村汀女、宗不早、高群逸枝らと並んで常設展示の作家に選ばれたが、並べるものがない。熊本県文化協会会長だった岩下雄二が濟々黌時代の同級生、種田健に協力を頼んだが、種田家には短冊一枚もない。健は防府の町田家に訪ねて行き、葉書をもらってきた。いずれも興味深い内容を秘めているが、まず大正七年（一九一八）十月九日の葉書を紹介しよう。

「山口県佐野郡右田村佐野台ケ原

町田米四郎　様
熊本にて　　正
十月九日
皆々様おかハりもなきよし何よりと存候
老祖母ハ先月初旬より病疾リユウマチ起り、手足不不自（不自由か）となりて屎尿の世話をせねばならぬやうになり候何分頽齢之事故心配居候
サキノも此の春以来、兎角病弱にて充分の世話も出来兼ね居事遺憾に尓存候
しかし目下の処大した事はなく御心配御無用に御座候
終りに御家内様の御健康を切に奉願候　　拝具」

町田米四郎は山頭火の妹シヅの夫である。

山頭火が九歳三か月のとき、母のフサは自殺をしている。不憫でもあったのだろう、山頭火は祖母ツルに甘やかされて育てられた。母親同然の祖母であった。

ツルは一家離散した際、長女イク（山頭火の伯母）の嫁ぎ先、有富家に身を寄せていたといわてきた。種田家が酒造業に失敗、破産した際、その土地建物を引き取ったのは町田家と有富家である。その後も両家は繁く連絡を取り合っていたはずで、有富家に引き取られている祖母ツルの

状態をわざわざ熊本から町田家に伝えてくるのは不可解である。有富家はイクに子供が出来ず、山頭火の弟二郎を六歳のとき、嗣養子にしている。素直にこの葉書を読めば、山頭火はある時期から熊本の家にツルを引き取っていたのではないのか。

村上護著『種田山頭火』には、「(二郎は)一時は、熊本の山頭火のもとに身を寄せていたらしい。だが、その同居生活はうまくゆかなかった」とあり、養家から出されたとき、二郎は祖母ツルを伴い、熊本に流れて来た、とも考えられる。ただそれを裏付けるものはない。二郎は兄の家に身をよせながら、熊本で自立を考えていたとも思われるが、それを果たすことができず、祖母だけ残し、熊本を立ち去ったとも考えられる。そして彷徨……。では、二郎はいつ、熊本にやって来て、いつ、立ち去ったのか。大正六年九月九日、中津の松垣昧々に宛てた手紙のなかで山頭火は「私はこの頃在る事情のため心身が荒んでおりますので、何事も思うように出来ません」と書いているが、「在る事情」とはそれを指しているのか。弟二郎、祖母ツルをめぐって熊本の種田家でひと悶着あったことは考えられる。

そして気になるのは二郎が残した遺書である。

二郎の遺書には、「最後に臨みて」として、一首したためてあったという。

かきのこす筆の運びの此跡も苦しき胸の雫こそ知れ

帰らんと心は矢竹にはやれども故郷は遠し肥後の山里
肥後国熊本市下通町一丁目一一七の佳人

この「佳人」とは二郎自身を指しているのか。なんだか変である。佳人とは美人のことを一般にいう。山頭火の妻、サキノのことではないのか。読みようでは二郎と嫂《あによめ》サキノとの相聞歌ともとれる二首である。二郎はサキノに同情を覚え、それが恋慕に発展したのではないのか。それに気づいた山頭火が不快感を募らせた、と書けば、想像が過ぎるといわれるかもしれないが。サキノ自身は二郎に夫と同じ血の匂い、文学癖で自堕落なものをかぎとり、むしろ嫌悪していたのかもしれない。

山頭火はツルを引き取ったものの、ツルはリウマチを患い、手足も不自由となり、シモの世話もしなければならなくなった。義理の祖母とだめな亭主、それに学齢期を迎えた子供を抱え、妻のサキノは大変である。イライラも募り、体調も悪くなるはずである。

困り果てた山頭火は妹シヅの主人に事情を伝え、善後策をにおわせた内容と読めば、なんとなく納得もゆく。町田家と有富家で相談の結果、ツルは有富家に帰って行ったのではないのか。そして大正八年十二月二十三日、有富家で九十一歳にて死去している。

六景　雪ふる中をかへりきて妻へ手紙かく

――妻子を熊本に残し東京に

年若い文学仲間を送って

大正七年十月から全国にスペイン風邪が大流行する。

山頭火は十一月二十日、木村緑平への葉書に「私の一家もとうとう感冒にやられて二三日休業しました、此節ではもうだいぶよくなりました。近来たいへん怠けて恥入ります。朱鱗洞氏が流行感冒で逝去されたそうです、惜しい人を亡くしたと思ひます、憐惜に堪へません」と書いている。松山の若き俳人野村朱鱗洞は「層雲」創刊から参加した。彼が創立した「十六夜吟社」に山頭火も寄稿している。井泉水は「心ひそかに、層雲の後継者は彼のほかにない、という気がしていた」と後年回想している。享年二十四。「いち早く刈るる草なれば実を結ぶ」という句がある。

島村抱月もスペイン風邪にかかって逝き、帝劇の女王松井須磨子は後を追って自殺している。「カチューシャの唄」が一世を風靡し、扮装のヘアバンドが「カチューシャ」と呼ばれて子供たちにも流行した。安永信一郎の長女蕗子がそのヘアバンドを着け、母の春子と撮った写真が残っている。春子は蕗子に「あのころ、妊婦で一番大事だったのはスペイン風邪にかからないこと。あなたは私がスペイン風邪にかからなかったので生まれたのよ」と言っていたという。

工藤好美が早稲田大学文学部予科に進んだのは大正八年九月である。すでに三月、茂森唯士も文部省へ転任の辞令を貰い、上京している。五高教授佐久間政一らが動いてくれたのだ。そのとき、寥平と山頭火がやってくれた送別会のことを茂森は「種田山頭火の横顔」のなかで書いている。

「まず寥平の勤め先の熊本県立病院の宿直室で三人で飲み出し、二本木の石塘口《いしどもぐち》のナジミの料理屋に行った。気分満点の中で、山頭火はカン高い明るい笑声をヒッキリなしにひびかせ、十八番の『桑名の殿さん』を年増女中の三味線でうたった。その時、山頭火が書いてくれた歌が未だに私の記憶に残っている。

酔いしれて路上に眠るひとときは安くもあらん起こしたまふな」

東京暮色

茂森や工藤らが東京に去った翌年の大正八年四月の半ば過ぎ、大牟田の三井鉱山診療所の勤務医木村緑平を突然、山頭火が訪ねて来ている。文通はしているものの、顔を会わせるのは初めてである。山頭火は鳥打帽に霜降りの厚司という商人風のいでたちで、絵葉書の行商の帰りといって風呂敷包みを手にし、夕刻玄関に立っていた。その夜は当直で、晩飯を一緒に食べ、再会を約束して別れた。

ところが翌朝早く、診療所に警察から電話がかかってきた。無銭飲食で山頭火が留置されていたのだ。汽車を待つ間につい一杯が売上金はもとより行商の品々を売っても足らないほどに飲み、警察の世話になるという醜態を緑平に見せてしまった。

山頭火が妻子を熊本に残し、上京したのは大正八年十月。「層雲」消息欄にそうある。店や妻子を捨てる気持ちなどもともとなかったのではないのか。店も軌道に乗っている。自分がいなくてもどうにかなると考えていたのではなかったのか。山頭火とすれば、熊本にいては自分の求めている文学がやれない、東京に出なければと思っただけの話であろう。「層雲」にも大正七年の「汗」十一句を出したのを最後に遠ざかっていた。自分の俳句にも行き詰まっていたのだ。当面の生活費を稼ぐため、明治天皇の肖像画を収めた額縁などを宿に送り込んでいたと思われる。

茂森唯士は文部省の職員は辞めて、赤坂にあった露英新聞の記者をしながら、夜は東京外語の露語専修科に通っていた。茂森が下宿していた下戸塚の駄菓子屋の二階の隣室に山頭火は住むようになった。小学校などを回って額縁の行商をしていたが、飛び込みのセールスである。うまくいくはずはない。工藤好美が東京市水道局の口を探してきて、毎日弁当を持って通いだした。下戸塚から山口県の河村義介に「東京へ出てきてからの私はすてきな勤勉になりました、私の過去を知っている友は驚いて呆れています」と書き送っているが、実はセメント工場の肉体労働だった。

茂森が亡命して来たユダヤ系のロシア大学生プラウデと共同生活をするため、麹町区隼町の双葉館に移ると、山頭火もそこに引っ越して来た。プラウデとはどちらも下手な英語で話していたというが、プラウデは二年後帰国し、スターリンによって粛清される。茂森の世話で「芭蕉とチェーホフ」という評論を雑誌に書いている。早稲田文学部時代、ロシア文学を愛好していた山頭火はトルストイやドストエフスキーよりも、どこかほのぼのとした、人生のあたたかみの感じられるチェーホフが好きだった。（茂森唯士「種田山頭火の横顔」）

雪ふる中をかへりきて妻へ手紙かく　（大正九年）

サキノとの離婚

サキノの兄は、山頭火の身勝手が許せず、離婚届用紙を送りつけた。「そこまで考えているぞ」

という忠告を含んだものだったろう。サキノの実家は山林業で、造り酒屋を山頭火が父親と営んでいたとき、酒米を買うお金を何度か融通している。そのお金を山頭火は遊興費に使ったことがあり、サキノが実家から直接借金し、相手方に支払ったこともあった。そのときのサキノ名義の借用書が残っているという。山頭火は離婚届用紙に捺印してサキノに送った。夫が離婚したいと思っているなら仕方がないとサキノは思い、捺印して実家に送った。離婚が成立したのは大正九年十一月。サキノは佐藤姓に戻り、健（種田家の籍のまま）と一緒に「雅楽多」で暮らすことになった。あとで山頭火がサキノをなじっている。サキノが判を捺さなければよかったのではないかと。

山頭火は九段下の一橋図書館に採用され、湯島の下宿から通った。仕事ぶりが評価され、本採用になり、初めてもらったボーナスで茂森を誘い、新宿から京王線に乗って府中まで遠征、蛙の声の聞こえる料亭で芸子をあげて飲んだ。牛込の工藤のもとには妹千代が同居しており、山頭火は図書館でのことを面白おかしく話し、千代を笑わせたという。これは古川敬著『山頭火の恋』に出てくる話だ。山頭火は千代に恋をした、というのだが、それはあり得ないのでは、と思う。健は「父親は東京でサラリーマンをしている」と聞かされていたらしい。「カルピスは初恋の味」という宣伝文句で知られるカルピスが発売されたのは大正八年である。そうした宣伝文句の募集に山頭火は二度ほど応募している。自信家の彼は自分の応募作は一席間違いないと言って、それを担保に友人から借金したという。野口雨情の「船頭小唄」が流行し、不景気もあってどこかやるせない時代の気分を反映し、また原敬が暗殺されるなど、テロリズムの季節であった。高群逸枝は長編叙事詩「東京は熱病にかかっている」を発表している。

下通の「雅楽多」には山口県人の五高生がよくやってきたという。その一人にのちの総理大臣佐藤栄作がいる。佐藤が五高に入学したのは大正七年、卒業したのは十年である。「雅楽多」に出入りするようになったのは、山頭火が東京に出たあとかもしれない。店番をしているサキノが小柄な美人で、いい家の出だということはすぐにわかる。山口弁のなまりがあり、嫂《あによめ》に接するような懐かしさをおぼえたのであろう。のちのことと思うが、五高生にはお茶ではなく、コーヒーを出していたという。なんとも洒落ている。趣味のいい絵葉書があり、好きな女優のブロマイドをあさることができる。店先にはマロニエのような大きな葉をつけた青桐が影をつくり、モダンでいかにも五高生が好む店のたたずまいである。

大正十年九月十一日、江津湖畔に住む斎藤破魔子（汀女）のもとに北九州の小倉から杉田久女が次女を伴い、遊びに来て三泊している。汀女は久女を「お姉さま」と慕い、心のうちを洗いざらい打ち明けている。その心にあったのは俳句の師宮部寸七翁であった。「いずれは別れる運命にある師と弟子の関係に一層悲しい涙を覚えるようなことがないように」と久女はいさめている。
彼女は大蔵官僚の中村重喜と見合い結婚、翌年正月、夫に伴われ、上京する。

山は今日も丸い

山頭火が東京の一橋図書館に勤めていたとき、小郡から伊東敬治が上京して来て、一か月ほど一緒にいた。そのころ、山頭火は八百屋の裏二階の四畳半一間を借りていた。伊東が風邪をひき、寝込んだとき、布団は一組しかなく、隙間風を防ぐため、布団のまわりに本を積み重ね、山頭火は一晩中起きていたという。ときどき図書館の用務員から二、三円ばかり金を借りていて、「小使から金を借りるのは僕ぐらいだ」と笑っていたという。館長から使者が来て、早く出勤してくれるよう頼まれたが、遂に出勤しないばかりか、辞めてしまった。退職の理由は神経衰弱となっているが、事実はそういうことらしい。

そして大正十二年九月一日、関東大震災に遭遇する。社会主義者狩りのとばっちりで憲兵に連行され、巣鴨の刑務所に留置された。内務省に勤めていた茂森の弟のはからいで釈放されるが、ほうほうの体で熊本に戻ってくる。結婚のため熊本に戻っていた茂森の世話で、「川湊」（地名ではない。坪井川の川港である高橋のことだ。近くに高橋稲荷がある）の海産物問屋「浜屋」の蔵の二階を借りた。漆工芸の人間国宝高野松山の生家である。そこからは金峰山が見え、茂森が訪ねて行くと、「山は今日も丸い」と語ったという。

離婚はしたものの、結局、身を寄せるところはサキノのもとにしかなかった。

息子の健はその年の大正十二年四月から濟々黌に通っていた。健は母親のことも思い、手取尋常小学校高等科から師範学校に進み、小学校の教師にでもなれたらいいと思っていたようだが、山頭火は一度東京から帰ってきたことがあり、健の成績を知り、旧制中学の名門濟々黌を受けるよう強く言ったようである。

旧制中学では、大正十四年に配属将校が置かれ、それまでの兵式体操が教練といわれるようになるなど教育の現場も移行期を迎えていたが、健と同期の岩下雄二（熊日会長、俳人）の回顧によれば、濟々黌には自由闊達の気風があふれていたという。生徒たちは勉強一辺倒でなく、武道やスポーツ、文芸にも明け暮れていた。健もまたそういう一人であったろう。大正十一年に蓮田善明とともに濟々黌を卒業した丸山学は、当時を「リベラリズムの花咲く時代」だと言っている。

（『濟々黌百年史』）

山頭火が熊本を留守にしていた大正十年、五高のある黒髪村など周辺十一町村を併合し、多年の懸案だった大熊本市が実現した。人口十二万人、九州第二の都市である。

七景　斯くも遠く灯の及ぶ水田鳴く蛙

――再び俳句の道へとさまよう山頭火

九州新聞に井泉水選の俳壇

練兵町にあった九州新聞社は大正十二年七月、花畑町にモダンで白亜の社屋を建築し、移転した。のち九州産交本社となり、昭和五十一年十二月解体されるが、モダン都市・熊本を彩る建物の一つだった。

大正十三年一月、九州新聞はライバルの九州日日新聞に対抗し、新たなかたちで「九州俳壇」を設けた。選者は高浜虚子だったが、半年も経たずに降りてしまう。そこで急遽、「層雲」主宰の荻原井泉水に選者を依頼した。関東大震災からまだ十か月経っていない。

井泉水は麻布の家こそ焼けなかったが、強い精神的なショックを受けていた。それは「禅でいう一大痛棒」（『私の履歴書』）であった。震災の直後十月に妻が急死した。その三か月後に母が病没した。妻の異常出産で産児は失われていた。人生の無常を痛感し、母の遺骨を身延山に収めると、その足で京都東福寺天得院に身を置き、四月、遍路となって小豆島八十八所を巡拝し、天得院に戻ったら、九州新聞から俳壇の選者依頼が来ていた。井泉水はそれを受け、五月二十一日付に左記のような記事が載る。

「本紙上の九州俳壇の投句は従来高浜虚子氏の選を得て居ましたが都合により今回荻原井泉水の承諾を得たので今後同氏選のもとに募集いたすことになりましたから同好者の応募を希望します。井泉水は新派俳句の大家であることは御承知の通りです」

葉書に一枚五句以下、投句先は東京市麻布区新堀町三、荻原井泉水宛、締切日なし。

「九州歌壇」の選者は五高教授の上田英夫がずっと担当しており、六月十日付、最初の井泉水選に上田の妻で歌人のよしのが挨拶句「我のみは歌はざりけり春の昼」を寄せている。彼女は美人で才長けていた。井泉水が選者の俳壇が九州新聞に設けられたとすれば、山頭火はいの一番に投句して、盛り立てるべきだろうが、それをしない。そのころ、山頭火は俳句から遠ざかり、「層雲」も購読していない。

ただ一度だけ井泉水選の二回目の六月十六日付に「山」と頭文字一つの投句者の作が見られる。

　　斯くも遠く灯の及ぶ水田鳴く蛙

これは明らかに山頭火である。そして井泉水もそれがわかって採っている。遠くから一筋の灯が暗い水田に及んでいる。そこに鳴く蛙とは山頭火自身のことであろう。遠くから照らす一条の灯はもちろん、井泉水である。

おそらく熊本からの投句は少なく、「層雲」の同人や誌友らにも呼びかけたのでは、と思われる。この句は緑平の「細き暮しに雀又子をもち殖ゆる」と並んでいる。そして緑平とともに尾崎放哉の句がたびたび登場するようになる。

放哉の句が実にいい。幾つかあげよう。

あついお茶をのんで梅をほめて出る
おそくまで話し山の星空傾き尽す
寺の屋根しんかん夏日すべらす
冬空もいで来た一輪の花
白雲ゆたかに行く朝の楠の木
傘にばりばり雨音さして逢ひに来た

「傘にばりばり――」以外は『増補決定版　尾崎放哉全句集』にも収められていない。

井泉水と放哉と山頭火

放哉と井泉水は一高の同窓である。井泉水が幹事をしていた「一高俳句会」に放哉もときたま顔を出した。いずれも東大に進み、井泉水は文科言語学科に学び、大学院を出て、文学の道を選ぶ。放哉は法学部を出て、東洋生命保険会社に入社、エリートサラリーマンになった。井泉水が明治四十四年「層雲」を創刊すると、放哉も句を寄せてきた。山頭火は大正五年三月「層雲」の選者となり、放哉の句をいくつか採っている。井泉水の『放哉という男』によれば、放哉は「きかんぼう」で「わがまま」だった。職業とする保険会社が性格には合わず、酒におぼれることが多くなり、大正九年、東洋生命保険会社を退職した。一年余りして朝鮮火災海上保険会社の支配人として迎えられ、京城に渡るが、大正十二年春、大きな挫折が放哉を待ち受けていた。禁酒の誓約を守れず、解雇される。妻を伴い、満州の長春、ハルビンに赴き、事業を起こそうとしたが果たせず、肋膜炎の病状も悪化し、内地に引き揚げる。その後、妻とも別れ、無一文となって、大正十二年十一月、京都の一灯園に入る。

放哉は一灯園の縁で東山知恩院山内の常称院の寺男になった。京都に身を置くようになった井泉水が訪ねて行ったのはその常称院で、放哉はめくら縞《しま》の筒袖を着て、いかにもお寺の下男という姿になりきっていた。十年ぶりの邂逅《かいこう》だった。井泉水がすき焼き屋に誘い、酒を勧めたのが悪かった。酔って帰って来て、すし折を住職に突き付け、「食べろ」と言って怒らせたという。常称院を追われ、兵庫県須磨にある須磨寺の堂守となった。それは大正十三年六月のことで、九州新聞の井泉水選の俳壇が始まったときと重なる。放哉の句は須磨寺の堂守になってからにわかに素晴らしくなったという。ということは、短時間にみずみずしく変容していく放哉の句の発展過程がこの九州新聞の俳壇からも見てとれるのではないのか。

九州新聞の学芸欄には、井泉水の句や随想もよく掲載されており、「層雲」から離れていたものの、山頭火はそれらに触れることで再び俳句に対する意欲が出てきたのではないのか。なかでも放哉の句に強く惹かれるものがあったのではと思われて仕方がない。

これまで山頭火と放哉には接点がないとされていたが、九州新聞の俳壇を通じて山頭火は彗星のように戻ってきた放哉の句に出会い、そこに光明を見いだし、長いスランプから抜け出すきっかけをつかんだのではないのか。俳句は無理をせずに、自分が見て、感じ、自らのなかから湧き出てきたものを素直にしみじみとうたえばいいのである。

泥酔し市電をとめる

大正十三年八月一日、熊本市電が開通する。それに先立ち、三日前、試運転のため、一両の電車が大甲橋を渡って、熊本駅まで駆走したとき、「市民が如何《いか》に狂喜したことよ」と九州新聞のコラムにある。

「大人までが子供の様になって、電車を追っかけて走りだした。マルで子供がその手細工の玩具の自動車が動き出したのを喜ぶ様である。『創造の喜び』とでも云ふのであろう！」。かつて熊本市街を軽便が黒煙を吐き散らして走っていた。「時代錯誤の代物」としてずいぶん激しい悪罵を浴びせられていた。それは「熊本市の恥辱」であるとされ、憤慨する者が多かったが、いざ廃止されると市民はいささかの不便を強いられていた。

「電車の開通が、熊本市民の形而下の生活に、如何に利便を与ふるかは申すまでもない。そうしてそれは形而上にも影響して、市民の気性を積極的、進取的、活動的に導くものであろう！」

形而下とか形而上とか、難しげな言葉を使い、論じるとは、まあ大げさな、と思わなくもないが、市電は、福岡市と並ぶモダン都市・熊本を象徴するものであったのだ。

熊本駅から水前寺公園間と、途中水道町で分岐し、県庁前（当時）を通り、浄行寺までの二路線が敷かれた。いまとはいくらか軌道も違っていて、古川町から公会堂（現熊本市民会館）前まで直進、熊本城の堀端に沿って市庁舎前から手取本町へと出た。

そしてその年の師走？に、一人の泥酔者が公会堂前で市電をとめる。種田山頭火だ。丹念に新聞記事を探してみたが、出てこない。人身事故ならともかく、酔っぱらいが市電をとめた程度で記事になることはなかったろう。

酔眼もうろうとした山頭火に駆走してくる市電がどう映ったのか。案外、子供のように歓喜したのかもしれない。木庭某が目撃し、山頭火を坪井の千体仏報恩寺の望月義庵のもとに伴ったという。歩いて三十分ほどの道のりを、泥酔し、足もともおぼつかない山頭火を引きずって行ったというが、サキノのもとに連れて帰るのがまあ、普通であろう。

この木庭某とは何者か？　大山澄太著『山頭火の道』（昭和五十五年初刊）に、山頭火を報恩寺に伴ったのは「木庭徳治」と出てくる。熊本の進学塾、壺渓塾の創立者である。ところが同じ本のなかで、この木庭某には天偉勲、地利剣という名の子があったと書かれている。木庭徳治にはそんな名の子供はいない。実子がいないのだ。木庭徳治はなかなかの人物で、熊本県近代文化功労者に選ばれており、そのとき功績集も書かれている。名刹見性寺の檀家総代を務め、参禅もしたが、見性寺は臨済宗であり、山頭火が得度を受けた報恩寺は曹洞宗である。さらにこの大正十三年には、仙台鉄道局教習所講師をしていて、熊本にはいない。この功績集では、木庭徳治は山頭火を救ったとなっており、冬休みで帰省していて、師走のこととなっている。実はあの「事件」が師走や年の暮れのできごととされているのは案外、このあたりから出ているのでは。

山頭火を救った木庭市蔵とは

昭和二十六年十一月九日、大山澄太が三泊四日の日程で熊本を訪ねて来ている。大山にとって山頭火の熊本時代は空白だった。それを埋めることと熊本に山頭火の句碑を建立したいというのが旅の目的だった。山頭火を知っている人を集め、話を聞くことになった。熊本日日新聞十一月十五日付「家庭と文化」欄に「山頭火の思い出―漂泊の俳人熊本時代」という座談会が掲載されている。サキノも出席して、論説委員岩下雄二（山頭火の長男健と済々黌の同期）がまとめている。このなかでなんとサキノが「酔っぱらって公会堂前で電車を停めたことがあった。それを見ていた人が、前の九日社前にいた木庭という人で、この人も大分変わった人で子供さんに天偉勲とか地利ケンという名をつけていたような人だったが、その人が連れて千体仏の望月義庵のところに行った。そこで得度した」と語っている。大山も初めて聞く話で、よく理解できないところもあって、翌年の「日本談義」八月号に発表した「山頭火と熊本」のなかに「熊日の記者か何かをしている一風変わった人で、禅もやっていた」と書き、記者説が流布されることとなる。

木庭某は木庭市蔵である。それを探し当てたのは熊本市の木庭實治氏（熊本地名研究会員）だ。玉名市の電話帳に木庭天偉勲の名があることに気づき、同市高瀬に訪ねて行き、父の名を聞き出した。しかし早く父を亡くし、玉名の方に引き取られたこともあって、父親のことはよく知らなかった。ただ「新聞社の前で印鑑屋を営み、報恩寺の観音さんの熱心な信者であった」ということは聞かされていた。木庭實治氏は私家版『菊池木庭城と木庭一族』（平成十八年刊）でそれを初めて明らかにした。この天偉勲もなかなか変わった方のようで、玉名で活動写真の弁士や看板業を営んでいたといい、晩年は夫婦で交通安全の指導をし、熊日にも取り上げられている。弟の地利剣は戦死したという。

木庭實治氏によれば、天偉勲、地利剣という名は林桜園の「宇気比考《うけひ》」から取られている。桜園は幕末の国学者で歌人、門下から宮部鼎蔵、河上彦斎らの肥後勤王党、神風連を起こした敬神党を出しており、木庭一族のなかにも神風連にかかわった人物がいるという。市蔵の父は巡査だったという。

開業医で歌人の大林武之氏が郷土誌「呼ぶ」に木庭市蔵のことを書いている。学歴はなかったが、頭は仲間のうちで一番秀でていて、望月義庵の弟子で禅をよくし、観相にも長けていた。ある宴で熊本医科大学長山崎正董と一緒になり、山崎に盃をさしたら、拒まれた。市蔵は「いつかお答えする節もありまっしゅう」と言った。裁判事件で勝訴と決まり、相手が屈したさまを見ると、笑って裁判を取り下げた。熊本にはこんな異風者《いひゅうもん》がいたのである。

「前の九日社前にいた木庭」というのは、上通町ののちの熊本日日新聞本社（ホテル日航熊本などのある現熊日会館）の前に住んでいた木庭さんという意味で、熊日の前身の九州日日の新聞記者ではなかった。木庭市蔵の位牌には、大正十五年三月二十五日に没したとあり、享年四十七。九州日日新聞に死亡広告が載っており、親族代表は佐野丑蔵、手取本町の印鑑屋である。昭和六年の上通商店街地図には当時の九州日日新聞の玄関と佐野印鑑店が向き合っている。

佐野印鑑店で木庭市蔵は印鑑を彫っていたのである。

千体仏報恩寺には、小さな「木庭市蔵観音像」が奉納されている。

電話帳、そして新聞記事をあなどるなかれ、である。

山頭火が仁王立ちして市電をさえぎったというところまではいいとしても、運転手は急ブレーキをかけ、そのため薙《な》ぎ倒された乗客たちは、不屈な彼の態度に怒りをつのらせ、群集心理も手伝って、彼を囲んだ人々は激しく罵倒しはじめた、とは誰の目撃談であろうか。群衆に囲まれて、制裁を加えられそうになったとき、それをわきから見ていたという木庭徳治が機転をきかせ、山頭火の腕をとり、「貴様、こちへこい！」と荒々しくひきたてたといった、という多くの山頭火本の描写はまったくの虚構であろう。

八景　けふも托鉢ここもかしこも花ざかり

――堂守となった山頭火

報恩寺に身を寄せる

木庭市蔵と山頭火とはもともと顔見知りだった、と筆者は考える。大林氏が歌人であったことを思うと、その仲間の木庭市蔵も歌を詠んでいたのではなかろうか。当時、木庭春浦という歌人がいた。経歴は不詳である。ただ、大正七年七月の「熊本短歌会」で山頭火とも席を共にしている。山頭火が「活動の看板畫など観てありくこのひとときはたふとかりけり」と詠んだときの歌会だ。

そのとき木庭春浦は「春の夜の目覚に嵐の音を聞き庭の愛景思ひやりけり」と詠んでいる。市蔵の号が「春浦」であると裏付ける資料はないが、この歌はなんら技巧に走らず、作者の器の大きさを感じさせる。

サキノとの結婚話が出たとき、山頭火は口ぐせのように「わしは禅坊主になるのじゃから嫁は貰わぬ」と言っていたというから、早い段階から出家願望を持っていたのかもしれない。師である井泉水が京都の寺に身を寄せ、四国巡礼をしたことや放哉のことなども山頭火は知っていたようである。木庭市蔵は山頭火の気持ちを前々から聞いていたのではなかったのか。酒を断ち切らせるためにも禅寺に投げ込むのもよかろうと。

サキノは後日、大山澄太に語っている。

「ある人の話では公会堂の前で電車を止めたとか、今は千体仏へ行っちょるとかでしたので、寒かろうと思って綿入れやそでなしを持って行ってみますと、びっくりしましたよ。今まで自分の寝床さえ一度もあげたことのない人が、なんとまあ、足に大きなあかぎれを切らして、足を立てて雲水のように雑巾がけをしているではありませんか。望月和尚さんにきくと禅寺が好きになって、わしが朝の朝の勤行をするとうしろに坐っていっしょにお経を読み、座禅も朝晩くんでいるらしい。学問のできる人だから、禅書もむずかしいものもよく読んでいます。まあ、あの人のことはこのわたしに任せておくがよかろう、と言ってくれました」(「大耕」昭和四十四年一月号)

報恩寺は大慈禅寺の末寺で、千体仏があることからその俗称がついた。千体仏とは信者らが寄進した観音像で、一体は手のひらにのるほどの大きさだ。住職の望月義庵は明治三年、南阿蘇の生まれだ。西南戦争で焼失し、廃寺同然の寺を再建したのは義庵である。日露戦争後、仏教講座を開き、雄弁で知られていた。木庭市蔵に伴われて来た山頭火に黙って『無門関』一冊を与えたという。寺には来る者を拒む門はないが、無門という門がある。この門は自ら開き、自ら通らなければならない。人それぞれ自問自答の心の関所があると…。

ところで、伊東敬治の「山頭火の一端」によれば、その報恩寺に山頭火を訪ねて行ったら、廊下の一番奥の机の前に坐っていて、机の上にはただ一冊『無門関』が置かれていたが、すぐ外に連れ出され、料亭で酒の相手をさせられたという。よくしゃべり、よく歌い、二次会三次会と飲み歩いたというが、支払ったのは伊東であったろう。さらに伊東が報恩寺に山頭火を訪ねる二か月前、それは夜の十時ごろだが、街道の電柱の回りに二十数人の人々がわいわい言っているのをのぞいてみたら、電柱のもとに山頭火がうずくまるようにしゃがんでいた。泥酔していたのだ。自分の宿舎に連れ帰り、二人で寝たが、翌朝は快晴で夏の暑いころで、伊東が持ち歩いていた扇子に「雀一羽二羽三羽地上安らけく」と句を書いてくれたという。

この日が夏の暑いころで、八月とすれば、二か月後の十月には山頭火は報恩寺にいたことになる。九月としたら、十一月だ。山頭火が泥酔して市電を停めたのは師走よりもっと早かったということだろう。もしかすれば、山頭火が市電を停めたのは伊東が目撃したそのときのことだったかもしれない。可能性がないわけではない。そうなると、山頭火は伊東敬治の宿に泊まったあと、上通の佐野印鑑店に出かけ、木庭市蔵に「禅寺に入りたい」と相談したのでは、とも考えることができる。サキノは伊東の存在を知らず、木庭市蔵が、山頭火が市電を停めた現場にいて、そのまま報恩寺に連れて行ったと思ったのかもしれない。

サキノに聖書を与える

山頭火は義庵のもとで参禅し、大正十四年（一九二五）二月、出家得度する。そのとき、友枝寥平が立ち会っている。

山頭火は出家したとき、サキノに聖書を与えている。サキノは三年坂にあったメソヂスト教会に通い、洗礼も受けたというが、健が『山頭火の妻』の作者山田啓代に語ったところによると、「熱心な信者というより、わずかに自分を慰めていたようです。母は店も持っていたし、気が向いた時に、ときどき行く、といった程度でした」という。

しかし、サキノが大山に語ったことによれば、「わしは愚かで、づぼらで妻子を養うことの出来ぬ男だ。この後、女一人の道は険しいことと思う。どうしても信仰の力によらねばなるまい。これを持って、教会へでもゆくか」と言ったというのである。

この教会には木下順二も中学生時代から通っており、教会で顔を会わせることもあっただろう。

大正十四年三月五日、山頭火は鹿本郡山本村（熊本市北区植木町）の味取観音堂の堂守となった。味取は豊前街道沿いに成立した在町で、湧水が豊富なところだ。町の北方、里山の平尾山にあり、「味取の観音さん」といわれる曹洞宗瑞泉寺である。

山頭火が出家得度したと知った井泉水からの葉書にこう返事している。

「片山里の独りずまゐは、さびしいといへばさびしく、しづかといへばしづかであります。日々の糧は文字通りの托鉢に出て頂戴いたします、村の人々がたいへん深切にして下さいますので、それに酬ゆべくいろ〳〵の仕事を考へてをります、私も二十年間彷徨して、やつと、常乞食の道、私自身の道、そして最初で最後の道に入つたやうに思ひます」

やさしい耕畝和尚

山頭火は日曜学校を開いた。まだ小学生の少女であった小田千代子さんがのちに「耕畝和尚さまを偲《しの》びて」という素晴らしい文章を綴っている。

「あれから四十七、八年も経ちましょうか。当時この味取観音堂で、種田和尚さんに教わりました乙女の一人でございます。亡き和尚さんの在りし日の面影をお偲び追憶をたどります時、私はまだ幼ない十二、三歳でございました。小さい頃から味取観音の信者として、仏縁に恵まれておりました。私たちは『同行二人』と印されたおいづるに花笠をかぶり、しんばし色の手甲を無雑作に和讃を唱え御詠歌を流して、村から町へと歩いたものでした。たまく大正十四年父が総代の頃、種田和尚さんがここに来られますと、日曜学校が開設されました。私共は、日曜の度ごとにいそくと三々五々に足を運ぶのが楽しみでした。

その嬉しかった懐かしい思い出が、今さらの如くほうふつとして浮かんで参ります。ピンクや橙色の表紙で、みほとけの教えを平仮名で綴られた小さな憧れの御本を貰いました。その裏には『種田耕畝』と、紫のスタンプの色も鮮やかに押されていました。山頭火というよりも種田和尚さんとお呼びした方が、ひとしお懐かしさを覚えます。昔からお堂にあった、お茶接待の長い机で学んでおりました。

ある時は、本堂の十六羅漢の後の空地をかやの根を抜き耕してとりぐの花を植え、下からの水を運んでは花畑を作りましたことも思い出の一つです。よく和尚さんは麻のすみぞめの衣にけさをかけ、衣の裾を短くしめて味取から植木の町へと托鉢なさる身軽な足どりの後姿が、ありありと浮かんで参ります。和尚さんが鉄鉢をささげてお唱えになる『消息妙吉祥陀羅尼』と『延命十句観音経』とは、当時教わりました有難い経文として、今もなお読誦しております。眼鏡の奥

からホホホと笑われるお顔も、目前に見えるようです。（後略）」（昭和四十八年一月『山頭火全集』月報）

この文章だけでもいかに山頭火が子供たちから慕われ、愛されていたか分かろうというものである。山頭火四十二歳。「雅楽多」でサキノのもとで暮らす健は十四歳である。

けふも托鉢ここもかしこも花ざかり

父と子

味取観音は国道3号沿いにある。看板があがっており、バス停のすぐそばだ。真っ正面に石段が続くが、庫裏まで車で登れるように坂が設けられ、「松はみな枝垂れて南無観世音」の句碑が建っている。観音堂はもっと上だ。

当時も交通の便はよかった。大牟田の木村緑平に「ここにお出でになるには省線植木駅乗換、鹿本線山本橋駅下車、十丁ばかり、又植木駅から山鹿通ひの自動車で一里ばかり」と葉書に書いている。「晴天なら毎日托鉢に出ます」とも。省線（JR鹿児島線）で高瀬（玉名市）にも出かけており、立願寺温泉街を流す托鉢僧山頭火の姿もあった。鹿本線は軽便鉄道で、山鹿温泉鉄道と改称される。途中に平島温泉もある。鉄道に乗り込み、遠出もしていたと思われる。緑平が訪ねて来たのは五月一日。

　夕べの鐘を撞き忘れ二人酔うてゐた　緑平

同年七月三十日の緑平への葉書。「だしぬけにお伺いしてたいへん御厄介になりました、高瀬までは托鉢しながら歩いてここから汽車、植木から歩いて入相の鐘の間にあふやうに帰山いたしました、帰山早々留守中の始末をして、植木までまた歩いて十一時の汽車で出熊、或る事件が生じましたので帰郷も延期しなければなりますまい、奥様によろしく」。なんと勤勉な山頭火だろう。

それよりも気になるのは夜の汽車で熊本まで行かざるを得なかった「ある事件」とはなんだろう。一つだけ想像できるものがある。進学をめぐっての母子の間の緊張感だ。健は濟々黌の三年生。旧制中学は五年制だが、四修で旧制高校の受験の資格がある。夏休みに入り、進路を決める時期にきていたと思われるが、サキノは健が上の学校に進むことを好まなかったという。家業を継がせたかったのだ。山頭火は妻子を捨てて、東京に出て行った男である。四年ぶりに帰ってきても家にいつかず、とうとう泥酔して市電を停め、それがきっかけで禅寺に入ってしまい、山里の堂守となっている。父親失格といわれても仕方がないが、山頭火にも父性愛はあった。健がまだ小学校に上がる前、父子ふたりの光景を詠んだ句が幾つもある。

父子ふたり水をながめつ今日も暮れゆく
親子顔をならべたり今し月昇る
味噌汁のにほひおだやかに覚めて子とふたり

もし健の進学問題なら、息子のために山頭火はサキノを説得しようとしたのだろうが、彼女は聞こうとしなかったのでは。

出家となってふるさとへ

山頭火は「雅楽多」に顔を出した数日後の八月五日、郷里の防府に出かけている。当初から予定していたことであった。緑平に「三年振りに父母の墓前に額づきました。今夜（久保）白船君を訪ねるつもりです」と葉書を出している。雲水姿になって現れた山頭火を見て、妹シヅが嫁いだ町田家の人たちはおかしみを覚えたのではなかろうか。父母の墓前に額ずき、神妙に観音経を読誦している姿に、おかしみは幸福感となり、涙を誘ったようにも思える。種田家の一家離散から足かけ十年。シヅには様々なことが走馬灯のようによみがえったであろう。妻子に苦労をかけている山頭火だが、シヅの夫も「ようお坊さんになって戻られた。よかった、よかった」と、そういう感じではなかったのか。金縁眼鏡をかけた伊達男が頭を剃り、法衣姿で。出家得度をしてまだ半年のにわか坊主で、どこか初々しくもあったろう。

八月七日消印で大分県佐伯から町田米四郎に出した絵葉書がくまもと文学・歴史館にある。

「此度ハたいへん御厄介になりました、いろいろお心付下さいましてほんとうに有難く存じます、作夕当地着、親友と四年振の厚誼をあたゝめてをります、皆様によろしく、明晩までニハ帰ります」。裏には「佐伯地方ハ予期したよりもいゝところでありました」。

「親友」とは年下の文学仲間、工藤好美のことだが、佐伯市在住の『山頭火の恋』の著者古川敬は工藤家の菩提寺に残る過去帳から工藤の妹千代がひと月前の七月四日に死去していることを突き止めており、おそらく山頭火は伊東敬治にそのことを知らされたのだろう、と推測している。帰省していた工藤は、僧侶の姿で山頭火が現れたのに驚いた。「非常に照れながら、お経をあげてくれた。そのあとで僅かなお布施を出すと、またいっそう照れながら、それでも、どうにか受け取ってくれた」と工藤は晩年の著書『文学のよろこび』のなかに書いている。

葉書にある「明晩までニハ帰ります」とは、熊本に帰るという意味ではなく、また町田家に帰るという意味であり、町田家に戻り、そこを足場にまたあちこち訪ね歩いたようである。

八月十五日、町田米四郎に味取観音に帰山したことを葉書で伝えている。

「いろく有難う御座いました。厚く御礼を申上げます。十日の未明、帰着しましたが連日の労れが出て、そのまゝ五日間休養、今朝帰山いたしました。お大切に、皆様によろしく」

この葉書から見れば、「雅楽多」のサキノのもとに五日間、身を寄せていたようだ。布団を敷いてくれ、いぎたなく眠りこけていたのだろう。そこに山頭火の安堵感も伝わってくる。サキノとの間には親戚の話などが出たであろう。それにしても町田家の対応のよさ、そして葉書とはいえ、きちんと礼状をしたためる山頭火。ふるさとはやさしかった。

枕もちて月のよい寺に泊りに来る

味取観音の堂守のころ、里人から頼みごともされた。学があると知れて、手紙の代筆などをむしろ喜んで引き受けたが、〝まっぽしさん〟と思われ、病気の祈禱なども持ち込まれたという。村上護著『種田山頭火』には、山頭火が堂守のころ、色恋の噂に悩まされることがあったという土地の人の話が紹介されていて、「枕もちて月のよい寺に泊りに来る」という山頭火の句を取り上げている。そういう風習がこの土地にまだ残っていたのでは、と思うと民俗学的にも興味深いのだが、そうではないらしい。

この句は八月十六日、防府から味取観音に帰山したと緑平に伝えた葉書に記されたなかの一句で、枕持参でやってきた緑平のことを詠んだのである。

山頭火の出家は尾崎放哉も気になったようで、九月三十日、緑平に手紙で尋ねている。

「御挨拶はぬきにして……山頭火氏ハ耕畝と改名したのですか、観音堂に居られるのですネ、……『山頭火』ときく方が、私には、なつかしい気がする。色々御事情がおありの事らし、私ハよく知りませんが、自分の今日に引き比べて見て、御察しせざるを得ませんですよ。全く人間といふ『奴』はイロイロ云ふに云はれん、コンガラカツタ事情がくつ付いて来ましてね、……イヤダく呵々…」

大正十五年（一九二六）一月三十日、熊本の俳人宮部寸七翁が大喀血のあと息絶えた。「血を吐けば現《うつつ》も夢も冴え返る」。これが絶句となった。四十歳だった。「ホトトギス」の巻頭を一度、自分の句で飾りたいという唯一の夢を果たすことは出来なかったが、虚子は「寒梅にホ句の仏の上座たり」の一句を手向けてその死を悼んだ。

九景　分け入つても分け入つても青い山

――歩き出す山頭火

天草に向かう

尾崎放哉が小豆島の西光寺奥の院南郷庵で島の老人にみとられながら、孤独な死を遂げたのは、大正十五年四月七日である。山頭火は緑平から「層雲」を借りて放哉の「入庵雑記」を読んでいた。その死去を待っていたかのように、あるいは放哉の衣鉢を継いで山頭火は歩き出したようにも感じられる。大山澄太もそう考えている。

四月十四日、坪井の報恩寺から緑平に葉書を出している。「あわたゞしい春、それよりもあわたゞしく私は味取をひきあげました。本山で本式の修行するつもりであります。出発はいづれ五月の末頃になりませう。それまでは熊本近在に居ります、本日から天草を行乞します。そして此末に帰熊、本寺の手伝をします」

山頭火が味取観音の堂守をしたのは結局一年一か月余であった。

緑平のこの葉書によれば、四月十四日、山頭火が向かったのは天草である。

山頭火は日記をつけていたようだが、このころのものは焼いてしまっている。また残っている葉書もごくわずかである。天草についても山頭火は何も残していない。空白の天草である。真っ白な画用紙に筆者なりの絵を描いてみたい。

分け入つても分け入つても青い山

ええっ、と思われただろう。苦笑された方も多いのでは。たぶん、多くの方が「分け入つても分け入つても青い山」は高千穂（西臼杵郡高千穂町）で出来た句だと考えておられるのでは、と思う。高千穂神社裏の自然参道には昭和四十七年三月、その句碑が建立されており、実は筆者もそう思っていた。村上護著『種田山頭火』にもそう書かれている。石寒太著『恋・酒・放浪の山頭火』などにもそうある。

いろいろ調べ、検討した末、高千穂説は根拠に乏しいと筆者は結論づけざるを得なかった。それについてはあとから論じる。

山頭火の第一句集『鉢の子』（昭和七年刊）は味取観音を出てから八年後にまとめられている。堂守時代の「松はみな枝垂れて南無観世音」など三句をあげたあと、「大正十五年四月、解くすべもない惑ひを背負うて行乞流転の旅に出た」と前書して、最初に登場する句が「分け入つても

分け入つても青い山」である。いわば、行乞流転した時代を代表する山頭火の自信作の一つと思っていい。まず、明るく、全景を見せようとした工夫が句集の構成にも感じられる。

天草でもあり得る「青い山」

「天草は島でしょう、海でしょう」と反論される方も当然、おられるだろう。だが、天草は山である。すとんと海に落ちるが、深い山からなっている。実際、行かれたらわかるが、「分け入つても分け入つても青い山」である。筆者は天草灘に面した下田温泉に年に一、二度出かけるが、海岸線は使わない。天草下島を横断するように車を走らせる。山あいを下津深江川に沿って下り、二か所ほどトンネルを抜けると下田である。海が見える。仲居さんに「どこから通って来られますか」と聞いたことがある。「下津深江」とおっしゃった。続けて「山のなかです」と。どこかで聞いた地名だな、と思ったら、思い出した。石牟礼道子の父親の里である。天草の島にはあちこち隠れ里のように山の中に集落がある。「天草に住んでいながら海を見たことがない人もいる」とつい五、六十年前まではいわれていたそうだ。

「天草はいいよ。いまの季節には」とすすめた人物がいたのでは、と想像したとき、浮かんでくる顔がある。沢木興道だ。興道は生涯、一処不在で、「宿なし興道」と呼ばれた禅者として知られているが、縁あって得度をしたのは天草郡楠浦（現天草市）の宗心寺である。天草島原の乱後、天草にはあちこちに禅寺がつくられ、島民は教化された。托鉢坊にやさしい島である。宗心寺のある楠浦は、天草下島の八代海に面した入江にあり、五色島を挟んで、天草上島と向かいあっている。古くから栄え、風景のいいところだ。

興道は三重県人だが、大正五年、山頭火が熊本に移り住んだとき、興道も熊本川尻の大慈禅寺に僧堂講師として赴任してきている。山頭火より三歳年上。五高生らが大慈禅寺に押しかけ、興道から禅の指導を受けた。興道は五高生たちに教わり、鍛えられたと言っている。「雅楽多」から歩いて数分の場所、楠木町《くすのきちょう》（現中央街）に民家を借りて座禅道場の大徹堂を開いていた時期がある。山頭火が東京から戻ってきたときには熊本駅の裏の万日山の果樹園にある家を借りて住んでおり、山頭火はそこに訪ねて行っている。

「持ちたくないものが三つ、一つはぜに、二には女房、三にはお寺」と言っていたというから山頭火とは気が合ったかもしれない。

実はもう一人いる。寥平の店に天草出身の田口常雄という番頭がいた。寥平の親の代から丁稚奉公に入り、寥平が飲みに出かけるときなど必ずお供をしたという。とすれば、山頭火とも顔なじみで、酒の席でこの番頭さんから天草のことを聞いていて、訪ねて行く先など紹介してもらっていたとも考えられる。

幻の日向路

村上護はこう書いている。

「六月十七日、報恩寺を出て、日向路へ向かう旅にでた。緑川の支流である御船川を遡り上益城郡馬見原に入っている。そして県境を越えて宮崎県の高千穂へと分け入った。二十二日には五ヶ瀬川にそって下り、東臼杵郡北方町滝下というところまで下っている。その間、ものにした句が『分け入つても分け入つても青い山』である」

村上はどうやら大山澄太の「山頭火俳句の鑑賞」(『山頭火の道』)を引いている。そこにはこう書かれている。

「私ははじめ何処で出来たものか、当時の日記を焼きすてているのでわかりかねていたところ、木村緑平さんのハガキによってはっきりさすことが出来た。十五年の六月十七日、熊本の報恩寺をあとにして、御船へ、そこから下益城郡浜町(現在の砥用町)を行乞して上益城郡馬見原に入っている。そして県境を越え宮崎県の高千穂へ出るその途上の作なのである」。この文章だけでも三か所地名が正確ではないが、「上益城郡馬見原」(阿蘇郡の誤記、現在は郡を越えて広域合併し、上益城郡山都町馬見原）と村上は誤記のまま引用している。「緑平さんのハガキ」とは、山頭火が緑平に宛てた葉書ということのようだが、それなら、『山頭火全集』の書簡集に収められていてよさそうなものである。せめて大山からの問い合わせによる緑平の返書ぐらい公開されていたら、このもやもやとした気分も晴れる。

さらに山口保明著『日向路の山頭火』によれば、緑平に山頭火が出した葉書には、「六月十七日浜町、二十二日滝下泊」とあったという。六月十七日は熊本の報恩寺をあとにした日ではなかったのか。いつの間にか、浜町に変わっている。本当はそんな葉書は存在していないのではないのか、とつい疑ってしまう。

山口は同著のなかで「実は、この句がどこで発想されようとも、文芸性の上からはさしたる問題ではない。ただ、山頭火三十三回忌追善供養に〈青い山〉の句碑（昭和四十七年・宮崎県高千穂神社）を建立したひとりとして、気になるところである」として大山に手紙で問い合わせたら、「熊本から浜町に入り、そこから三田井（筆者註＝高千穂町）への途中の作ということが、緑平さんのハガキでハッキリしています」という返事がきたという。これ以上は問い質すことはできなかっただろう。

では、山頭火は高千穂からどこに向かっていたのか。村上護著には「二十二日には五ヶ瀬川にそって下り、東臼杵郡北方町滝下というところまで下っている」とある。東臼杵郡北方町滝下は現在では延岡市だが、「その後、彼はどう歩いたのか、富岡町を経て宮崎市に出ている」という。現在、富岡町は宮崎市だ。たしかに昭和五年の「行乞記」に山頭火は高岡町の梅屋という宿に泊まり、「この宿は大正十五年の行脚の時、泊まつたことがある」と書き残している。しかし、延岡の近くまで来ており、わざわざ富岡町まで直線距離で百キロ近くも不便な道を徒歩で南下し、宮崎市に出るなど、理解できない。まっすぐに延岡に向かったはずだ。そこには日向灘が広がる。山頭火は日向が生んだ歌人若山牧水のことを思い浮かべ、宮崎から日向灘を眺めながら北上したと村上護は綴る。当然、延岡も通ったわけであろうが、大分県に向かって進むと、はるか遠くに四国の島々が浮かび、放哉が最期を迎えた小豆島へと思いが飛翔したかもしれない、と想像豊かに描写するが、それを裏付けるものは何一つ示されていない。宮崎市の「層雲」同人にも中津の松垣昧々にも会ってはいないのである。

山口は「憶測の域を出ないが」と断りながら、延岡から日豊線に乗り、宮崎市に着き、近隣の諸地を行乞し、妻線で現在の西都市に入る日向路南下をたどり、それから先は加久藤峠を越えて人吉方面に向かったのでは、と見なす。その根拠は、昭和五年九月十七日、京町（現えびの市）での「行乞記」に「六年前に加久藤越したことがあるが、こんどは脚気で、とてもそんな元気はない」と注記されているというのである。しかし、この注記は山頭火自身のものではない。編者（大山澄太）が書き加えたものである。「行乞記」には、「人吉から吉松までは眺望がよかつた、汽車もあえぎく登る。桔梗・藤・女郎花・萩・いろんな山の秋草が咲きこぼれてゐる。惜しいことには歩いて鑑賞することは出来なかつた。（少し脚気気味なので）」とだけある。翌日、山頭火は飯野村の宿に向かう途中、雨のなかを加久藤という集落で行乞し、その日の入費だけはいただいている。

高千穂神社の句碑は大山が所有する山頭火の自筆の句を拡大したものだという。

大山澄太のサービス精神

いくらか無駄話をしよう。

「うしろ姿のしぐれてゆくか」というこれまた有名な句がある。

昭和二十六年十一月、熊本に山頭火の熊本時代を調べにやってきた大山澄太を囲み、サキノも加わり、山頭火を知る人たちによる座談会が開かれた、とはすでに書いた。

その席上、彼はこの句を阿蘇での句だとしゃべっている。サキノが「昭和三年ごろ、『層雲』の句会が阿蘇であった。ほっておくと山頭火は死ぬというようなことで荻原井泉水も来て激励の句会であった」と話したのを受け、彼曰くで、「これが有名な句会、句会のあと他の俳人は熊本に帰る、山頭火は行脚僧の姿で後も見ずに外輪山の方に向かって歩き去る。後姿を井泉水がスケッチした。あとでそのスケッチを見て山頭火がつくった句が、『うしろすがたのしぐれてゆくか』」。

たしか山頭火が井泉水らと阿蘇山に登った日は秋晴れであったはずだが。「うしろ姿のしぐれてゆくか」の句は山頭火の「行乞記」のなかに出て来る。昭和六年の大晦日、飯塚の宿で「自嘲」と前書し、「うしろ姿のしぐれてゆくか」の句を書き添えている。作り置きの句を差し入れることもあったかもしれないが、しぐれたなかを托鉢してまわっており、「大宰府三句」として「右近の橘の実のしぐるゝや」「大樟も私も犬もしぐれつゝ」と句を書き込んでいる。「行乞記」は緑平のもとにあったが、昭和二十七年、大山の編とし、『あの山越えて』の題名で和田書店（春陽堂）から出版されている。大山はノートに清書された「行乞記」にまだよく目を通していなかったのだろう。

『あの山越えて』に序文を寄せた新村出は冒頭、「うしろ姿のしぐれてゆくか」をあげ、「私はこの句が非常に好きだ。芭蕉にも宗祇にもなさそうな詩境だと思った」と書いている。まさに山頭火そのものを表したこの句を、井泉水が描いた戯画を見てつくったとだれかが言った話を疑うことなく、得々と語る大山がここにいる。

大山澄太という人は親切で、サービス精神にあふれ、みんなを喜ばせたいという一心でまだはっきりしていないことまでしゃべってしまう、そんなところがあったのだろう。地元ではその話をすっかり信用し、うれしくなり、句碑をつくろうということになる。それに少々慌てる大山澄太がいたように感じられる。

しかし、彼の熱意、企画行動力と緑平の存在があったからこそ、こうして山頭火の俳句や日記を読めるのである。ときには重箱の隅をつついて楽しむこともできる。

高千穂や天草を山頭火が歩いていると裏付けることができても、実はそこで「分け入つても分け入つても青い山」という句が発想されたという証拠にはならない。いずれにせよ、うつろいやすい山頭火の心に映った風景である。日本列島のどこにでもある風景である。

十景　お経あげてお墓をめぐる

――小豆島に放哉の墓を詣でる

妻を亡くした寥平のそばに

木村緑平の回想では、大正十五年八月十一日、飄然《ひょうぜん》と山頭火が訪ねて来たという。そのころ、緑平は三井三池鉱山所の炭坑医を辞めて、郷里の三潴郡浜武（現柳川市）で開業医をしていた。
「色のあせた法衣に菅笠、地下足袋と托鉢僧らしい姿であった。その晩はよく晴れていて星が美しかった。風呂上りの裸を青田を渡って来る風に吹かせながら、二階の手摺《てすり》に椅子を引寄せ、味取以来の話を、これからのことなど、ふたり一つの蚊帳にねてからも話しつづけた。翌朝早く彼は出立した。佐賀の方へ向けて行ったのだが、風のふくまま、気の向くままの彼のことであるから、どこをどう歩いて、どこへ向かったのか解らない」（『山頭火全集』書簡の註）
三潴郡浜武に向かう前、山頭火は熊本の「雅楽多」にいたはずである。寥平の妻が七月二十七日病死し、弔問に来ているためだ。寥平にとって恋女房であった。婚約が調ったとき、寥平は親友の林葉平に報告に来た。葉平は地橙孫にさっそく伝えている。「昨日寥平が人間らしい、人間となってやって来た。いよいよ嫁が決定した」。葉平の妻の縁戚で、婚礼のとき、花嫁に付き添ってきた娘だ。そのとき、寥平は見染めたのかもしれない。享年二十三。残された長男久土はまだ満の二歳。俳句や短歌仲間は二階に上げられたのだろう。そこは寥平夫妻の寝室でもあり、妻の鏡台が置かれていた。そこで山頭火が短冊にしたためたと思われる弔句が友枝家に残っている。

　二階あがれば鏡台のひかり

友枝家は日蓮宗である。加藤清正を祀った本妙寺を城下の商家として支えてきた家である。大きな仏間もあった。寒行でドンスコドンドンとたたいて歩くうちわ太鼓の音が熊本城下の通底音であった。

寥平居での山頭火の句をあげておこう。いずれも未発表である。

　此秋も青桐三本

　寥平さびし煙草のけむり

　菊投げ入れて部屋を明るうする

天草から四月末から五月の初め、いったん熊本に戻り、またどこかに托鉢で回っていたとしても山頭火は、少なくとも七月下旬には熊本にいたはずだ。報恩寺で寺男をしていたのか、「雅楽多」に身を寄せていたのか、分からないが。そして、八月十一日、飄然として緑平居に現れたというわけだろう。

故郷の山河を歩く

大正十五年の月日不明の緑平に宛てた葉書が『山頭火全集』書簡集に掲載されている。

「岩国まで行つてひきかえして山口で中学時代のおもひでにふけり、今日ここまで来てこの家に泊まりました、今夜ばかりは貴族的ですよ、明日萩に出て北海岸つたひに下関まで、そこから汽車で一応帰熊しやうかと考へています」

この葉書の註として緑平は次のように説明している。

「この便りは青芦の家（筆者注＝緑平居）を訪ねてから十七日振りに書かれたもので、これから想像すると、やはり佐賀に出て唐津まで行乞、あの松原の海岸づたいを福岡へ歩き、途中でまた行乞、北九州の誰彼を訪ね、下関に渡り、岩国まで行ってしまったのぢゃあるまいか。このハガキは実は消印が不明であるが三潴郡南浜武宛に出しているところを見ると大正十五年八月二十八日に間違いあるまい」

同年九月三日、山口県の湯本（現長門市湯本温泉）から町田米四郎に宛てた葉書が存在する。くまもと文学・歴史館所蔵である。

「朝晩ハだいぶ涼しくなりました、私ハ故郷の山河を歩きまハつてここまで来ましたが、もう近いうちに一応帰熊します。こゝに二十年ばかり前に来たことがありますので昔をおもひだします、お大切に」

山頭火は故郷の山河を歩きながら、このときは妹の家は訪ねていない。いったんは熊本に戻るが、十月二十七日、防府町役場に出頭し、戸籍上、正一を耕畝と改めている。

そして、井泉水に旅先から次のような葉書（月日不詳）を出している。

「私はたゞ歩いてをります、歩く、たゞ歩く、歩く事が一切を解決してくれるやうな気がします…先生の温情に対しては何とも御礼の申上やうがありません、ただありがたう存じます、然し、私にはまだ落付いて生きるだけの修業が出来てをりません……放哉居士の往生はいたましいと同時に、うらやましいではありませんか、行乞しながらも居士を思ふて、瞼の熱くなつた事がありました、私などは日暮れて道遠しであります、兎にも角にも私は歩きます、歩けるだけ歩きます、歩いているうちに、落付きましたらば、どこぞ縁のある所で休ませて頂きませう、それまでは野たれ死にをしても、私は一所不在の漂泊をつづけませう」

徒労禅を続けています

この年の「層雲」十一号に行乞俳句を七句寄せている。

分入つても分入つても青い山

鴉啼いて私も一人　（放哉居士に和す）

さみだるる大きな仏さま

しとどに濡れて之は道しるべの石

炎天をいただいて乞ひ歩く

日ざかりの水鳥は流れる

木の葉散り来る歩きつめる

六年ぶりの「層雲」復帰であった。

大正天皇の崩御で昭和と改元されるが、一週間で昭和二年に。『山頭火全集』年譜には「正月を広島県内海町にて迎う。山陽、山陰地方および四国を行乞遍路しているが、足跡不詳」とある。「層雲」にも句を寄せておらず、『山頭火全集』書簡集にもこの年は一枚の葉書も掲載されていない。

山頭火は昭和三年の正月を徳島で迎えたと年譜にある。山頭火書簡を書き写そう。それがいい。

なにもつけ加えず、山頭火の言葉を直接聞こう。
二月二十七日、土佐清水町にて木村緑平に。
「私は昨年末から、四国巡拝の旅をつゞけてをります、此冬はあたゝかい土佐で、雪らしい雪も見ないで□うつて来ました。室戸岬、蹉跎岬、ほんとうにいゝところです。近々伊予路へ入ります。四月中には小豆島へ渡りますつもり。
踏み入れば人の声ある冬の山
旅ごろも吹きまくる風にまかす」
七月二十八日、西大寺町（岡山県）にて木村好栄（緑平）に。
「四国巡拝を終つてから小豆島へ渡り、昨日当地まで参りました、これから西国巡拝であります、小豆島では何も彼もよろしく御座いました。
放哉墓前の句より
墓のしたしさの雨となつた
お経あげてお墓をめぐる」
九月十七日、旅中より荻原井泉水に。（「層雲」十月号掲載）
「すつかり秋になりました、殊に此地は高原で、旅のあはれが身にしみます、私は相かはらず徒歩禅――徒労禅をつづけてをりますが、一先づ帰熊するつもりで、西へ〳〵と向つてをります（といつて、実のところ帰るところはありませんが）。私は本山僧堂にも入らず、西国三十三房の巡拝せず、たゞ茫々として歩きつゞけて来ました、山は青く水は流れる、花が咲いて木の葉が散り、私もいつとなく多少のおちつきを得ました。

小豆島の五月はほんとうに有難い五月でありました。一二氏玄々子さんのお世話になりました。それにしても生前放哉坊と一杯飲みかはし得なかつたことは残念でなりません。『明日からは禁酒の酒がこぼれる』といふお作を思ひ出しては涙を流しました、そして放哉坊は死処を得た、大往生だ、悟り臭くなかつたゞけそれだけ偉大だつたと思ひました。

　メイ僧のメンかぶらうとあせるより
　ホイトウ坊主がホントウなるなん

現在の私は、こんなところにおちついてをります。いつまでもこんなところを彷徨してゐてはならないと思ひますが、因縁時節、流れに随ふ外ありません。

　酔来枕石　　谿声不蔵
　酒中酒尽　　無我無仏

断見外道といはれても、また孤調の人といはれても、何といはれても仕方ありません、私は私一人の道をとぼ〳〵と歩みつゞけるばかりであります、私も出来るだけ長生して、たとへ野山の土となるとも自分を磨きたいと心がけてをります」

西へ行くか、東へ行くか

十月六日、福山市にて木村緑平に。
「三備山間をヒヨロゲまはりました。
　旅に病んでトタンに雨をきく夜哉（戯作一句）
これから西しようか、東しようかと迷つています（迷はなくていいのに）、若《も》し西するようならばお目にかゝれます、こゝでまた一句
　尾花ゆれて月は東に日は西に
芭蕉翁、蕪村翁、併せて兄に厚くお詫び申します」
芭蕉や蕪村の句をおりこんで、ひょうきんな葉書を出したものの、山頭火は相当まいっている。緑平は開業医をやめ、また炭坑医に戻り、福岡県田川郡糸田村の豊国鉱業所社宅に引っ越していた。葉書には付箋が付いて緑平のもとに転送されてきた。

年が明けての昭和四年一月五日、緑平に借金依頼の書簡を出している。

「――私もおかげで、旅の新年三回目を迎へました。一応山口まで行き、引返してさらに奥羽北陸の旅へ出かけるつもりで先月中旬当地まで来ましたが、四大不調でしようことなしにここで年越しするやうになりました、という訳で新年早々不吉な事を申し上げてすみませんが、ゲルト五円貸して戴けますまいか、宿賃がたまつて立つにも立たれないで困つてゐるのです、天候はシケルし、身体の具合はよくないし、ゲルトはなし、品物もなし――一日も早く白船居を訪ねたいのですが、どうにもかうにも仕方がないのです、苦しまぎれに――是非そうありたいのですが御返事下さいますやうならば折返し、広島市広島郵便局留置の事」

緑平から送金があり、徳山の白船居に立ち寄り、二月十五日、下関から緑平に「関門海峡を眺んでゐます、十中八、九までは渡ることになります。渡つたらお訪ねいたします、お訪ねすれば御厄介になります、どうぞよろしく」と葉書を出している。兼崎地橙孫が下関で弁護士を開業しており、清談半日。すつかりいい気分になり、「十何年過ぎ去つた風の音」と即興。関門海峡を渡り、約束通りに緑平のもとに泊まる。飯塚から八丁峠を越えて、秋月街道に出て久留米まで歩き、托鉢で汽車賃も出来て、熊本への汽車に乗り込んでいる。三月十一日、緑平に宛てて、「やうやく辿《たど》りつきました、四年ぶりに熊本の土地をふみましたが、あまり変わつてをりません、変てゐるのは自分だけです」。そして「鉄鉢ささげて今日も暮れた、かういふ生活にも暫《しば》く離れなければなりますまい」。本山の永平寺には行かずじまいであった。

この旅、果もない旅のつくつくぼうし
へうへうとして水を味ふ
笠にとんぼをとまらせてあるく
まつすぐな道でさびしい
ほろほろ酔うて木の葉ふる
しぐるるや死なないでゐる
食べるだけはいただいた雨となり

十一景　すすきのひかりさえぎるものなし

――井泉水らと大観峰に立つ

新たな仲間たち

「春、春、花、花、人、人――店番十日で、もう神経衰弱になりました、蛙の子はやつぱり蛙になりますね、可憐々々、お忙しいところをすみませんが、層雲社の振替口座番号、当地の火山会の所在名、お知らせ下さいませんでせうか、先日、東京での旧友に逢ひ、飲んで話しました、寥平兄ともあなたの噂をしてゐます」

昭和四年三月二十四日、緑平に宛てた葉書である。山頭火は張り切っている。

熊本には「層雲」支部の火山会が出来ていた。新屋敷の特定郵便局の息子で熊本逓信局の石原元寛（号・霊芝）、同じく逓信局員の木藪馬酔木（勇）、日銀勤務の蔵田稀也の三人が中心で、ほかに荒尾の炭坑夫中村苦味生（国久）、阿蘇の白石黙忍禱（基《はじめ》）、球磨郡免田村には川津寸鶏頭（勝見）がいた。

緑平からの連絡で三月三十日、石原元寛と木薮馬酔木の二人が連れ立って、「雅楽多」を訪ねている。山頭火にツルゲーネフの流行った時代の話、「層雲」第一期時代、托鉢の体験などを聞かせられ、元寛と馬酔木はすっかり魅了される。そして四月十三日、元寛の家で三人が句会を催した。そのとき、南阿蘇の黙忍禱に宛てた寄せ書きの葉書が残っている。四月二十一日、緑平に宛て「私も此生活にだんだん慣れて来て、人間の臭さが鼻につかなくなりました」。

長く消えていた山頭火の消息が九州新聞の学芸欄にも現れだす。

八月三十日夜、山頭火が突然、石原元寛を訪ねて来て、馬酔木居で句会が開かれている。そして九月十四日、山頭火が放浪の旅へと戻ることになり、送別の句会を催す。ところが、行乞の気分になれないと引き返してきて、馬酔木居でまた句会。元寛は荻原井泉水から十一月初旬、来熊するとの快諾を得て、山頭火の行方を心当たりに探していただけにうれしくなる。

そのときの山頭火の句。○は『山頭火全集』未掲載。

月のさやけさも旅から旅で　○
芙蓉咲かせて泥捏ねてゐる　○
れいろうとして水鳥はつるむ

山頭火は米屋町の寥平宅にも顔を出す。その記事が九州新聞に載っている。一緒に銭湯に行き、さっぱりしたところで、座敷に。澄み切った秋空に見入ったりしながら、飲むほどに句を作るほどに「だんだん酔うてくる月がよすぎる」夜更けとなる。

リレー紀行「阿蘇山行」

昭和四年十一月三日、福岡の原農平、三宅酒壺洞、高松征二とともに井泉水が博多駅から乗車、荒尾駅で中村苦味生が乗り込む。万田坑の坑夫である苦味生は一張羅の羽織姿だが、紐がなく、こよりで結んできた。友人から金も借りた。農平は炭鉱を監督する九州鉱監局の鉱政課長である。苦味生にとって雲の上の存在だが、息子のように接してくれる。熊本駅で元寛と馬酔木が合流、豊肥線で内牧に向かう。途中の立野駅のプラットホームに井泉水らに挨拶するため、白石默忍禱が立っていた。そして内牧駅には山頭火が待っていた。

「改札口の内に居る行脚僧の墨染の衣と大きな網代笠《あじろがさ》とは、私の視線と彼の視線とが合つた刹《せつ》那《な》に私の前に大きく現れた。日に焼けきつた其の顔には強度のギラギラとした近眼鏡の奥に、人なつつこい、少しうるんだやうな眼があつた」と九州新聞に寄稿した紀行文「阿蘇山行」の冒頭に井泉水が書いている。

紀行文は同行八人がリレー式に書いている。内牧駅からすぐに自動車に皆で乗った。一台に八人も乗った上に、山頭火の大きな網代笠が突っ張っている。薄っぺらな内牧を抜け、北外輪山に向かった。晩秋の夕日を浴び、銀色にうねる一面のススキの原を踊るように登っていく一台の大型フォード。なかなかに印象的である。「私は、あの根子岳と中岳の間を越えて歩いてきたのです」と大観峰に立った山頭火は墨衣の裾を風でひらひらさせながら、指差す。大津から南郷谷へと行乞していた山頭火は高森から日の尾峠を越えて来たのだ。日の尾峠には当時は茶屋もあり、集落もあったが、いまはない。

すすきのひかりさえぎるものなし

その夜の宿はひなびた塘下温泉。暗くなっても電灯はつかない。酒壺洞が提灯を下げて入って来た。「提灯さげて温泉に入つてゐる、はどうか」と山頭火が笑わせたら、ポカリと電灯がついた。句会で井泉水が採った山頭火の句は「稲穂明るう夫婦で刈つてゐる」。

翌日は阿蘇登山。視界が開け、根子岳、高岳、中岳、杵島岳の雄姿が青空にそびえ、噴煙がもくもくと立ち上る。振り返ると外輪山、久住連峰も見え、その大自然に山頭火を立たせ、九大の学生高松征二がカメラにおさめる。山頭火は網代笠を手にしている。

火口の縁を歩きながら、「ここで死を選ぶ人はどこからやるのだ」などと話しているなかに山頭火もいる。山上の絵葉書売りが「四、五日前にも若い男の飛び込みがあって、昨日まで死体が見えていた」と話す。山頭火の墨衣の裾からビール瓶がのぞいている。中身は酒。馬の背越えで久住山の方角に向かい悠然と液体を排泄した。その間、五十四秒。

宮地側へ降りたら、木村桑雨（安五郎）が車を用意して待っていた。木村は阿蘇高女校長。運転手も含めぎっしりと十人の人間を詰め込んだ車はぶうぶうとひた走る。「道だろうが川だろうが、遠慮会釈もない」。「阿蘇山行」のしんがりを務めた山頭火はそう書いている。「途上桑雨氏の説明も忙しいが皆の眼もなかなか忙しい。『右にあるのが阿蘇家代々の菩提寺です』。墓碑は見えないで落葉林だ。『ここが宮地の飛行場です』。一面の枯草原、馬が二、三頭遊んでいた。がたりと右に曲がって左に折れる。『あれが私の学校ですよ』。立ち枯れた唐黍畑《とうきび》の中に学校らしい建物が見えた…」

「ぴたりと自動車がとまる、大きな木の鳥居が立つてゐる――もう阿蘇神社に着いたのである。楼門の居に噴井の水がこんくと溢れてゐる、誰もが口をそそぐ。神殿に額づいて参拝者名簿に署名する。社殿の構造はあまり壮麗ではないけれど、いかにも物さびてゐて神々しい」

宮地駅ではもう改札していた。山頭火は別離の哀感を体いっぱいに感じた。間もなく汽車が来た。別府行きの下りだ。井泉水と農平が乗り込んだ。二人を見送った山頭火らは、駅前の店に立ち寄る。皆が土産物を買っているのを見ていて、うらやましくもなくもない山頭火である。まだ時間があり、卓を囲んで酒杯を酌み交わし、黙忍禱に宛て絵はがきに寄せ書きをする。上りの汽車が入って来て、博多や熊本に帰る同人らと乗りこむ。山頭火は杖立に向かうため、内牧で下車。「何と握り合つた手のあたたかさよ。夕凪が身にしむことよ」と山頭火が紀行文を結んでいる。

九州新聞十一月二十九日付「子飼句会」（消息）に山頭火は「阿蘇より」として「けふもひとり旅空が白んで来た」を寄せている。同句会はかつての「白川及新市街」同人西喜痩脚が開いていたもので、指導に吉武月二郎がやってきている。

投げられしこの一銭春寒し　コヂキ

さて山頭火はいずこへ。杖立から日田を経て彦山に向かっている。どうやら井泉水の『観音巡礼』（昭和四年刊）にならって九州三十三か所観音巡礼をやろうと思ったらしい。第一番の札所は彦山、第二番札所は長谷寺、第三番札所清水寺…。耶馬渓をめぐり、中津の松垣昧々を訪ねている。「層雲」の俳人として葉書のやり取りはしていたが、顔を合わせたのは初めてだった。となると、あの日向路を高千穂から宮崎、そして大分県に向かったというのはますます怪しくなる。日向灘に沿って北上し、国東半島をめぐり、中津の昧々をめざしたとすれば、いくらかあり得ると筆者は思っていたためだ。

それはさておき、中津で昧々居に世話になった山頭火は豊前四日市に出て、十一月二十四日、宇部から昧々に葉書を出している。そのなかに「今日は高田へ出ます」とある。

豊後高田には、俳人高井左川の生家がある。球磨郡湯前村の井上微笑とともに明治から大正にかけてのころ、「九州俳壇の四天王」といわれていたという。昭和四十八年十一月、左川を調べに球磨郡の郷土史家高田素次らがその家を訪ねて来た。

呉服屋となっており、甥の荘司が跡を継いでいて、「私が三十歳のころの話ですが」と語り出した。一人の旅僧が訪ねて来て、店先で布施を乞うた。荘司は足が不自由で、銭箱から一銭銅貨をひろいあげると、店先までいくのがもどかしく、気軽にほいと旅僧の前に投げた。すると旅僧は衣の下から矢立を取り出し、短冊形に切った紙切れに何やらさらさらと書いて、その紙切れを置いていった。それには「投げられしこの一銭春寒し　コヂキ」と書かれていた。荘司は恥ずかしさに顔が真っ赤になった。自分の戒めにするため、表装しており、それを見せてもらった高田は「これは山頭火に間違いないのでは」と思った。球磨郡免田町（現あさぎり町）の了円寺に残る山頭火の「れいろうとして水鳥はつるむ」の句の文字を見ていたためだ。（「日本談義」昭和四十九年六月号、高田素次「左川と山頭火」）

十二月二日、山頭火は豊後亀川から九州新聞に葉書を投函している。

「私は毎日歩きつゞけて今日はここの温泉に入りました、明日は別府へ、それから大分、そして臼杵へ出て深田の石佛を拝観しますつもり、新年には熊本で句會を開くやうになるかも知れません

山はしぐれる草鞋はきかへる
つかれた足へ蜻蛉がとまつた

お大切に祈ります、今後はせいぜいお便りします」

「映画　九州の旅」

井泉水はこのときの九州の旅がよほど楽しかったのだろう、「層雲」に「塘下の宿」を発表したあと、「映画、九州の巻」を書いている。彼にとってまさに映画のような旅であった。前書に「活動映画のやうなテンポを以て、展開し来り、消散し去つたところの、ところぐの印象を、今、こゝに再現せしむべく、現像を試みる、而して映写する―」と。

井泉水は旅先にいつもカメラを携えているが、ほんとうはパテベビーを手に持って旅をしたかったのでは、と思う。すでにフランス製のこの小型映画の撮影機は資産階級の間には流行を見せていた。「映画　九州の旅」は無声映画のシナリオのようである。クローズアップやロングを

多用。車の窓から身を乗り出してムービーを回しているような場面もある。

柿は鈴なりになつてゐる。自動車の上の人も鈴なりだ。中津の同人数名と井泉水。オーライ。

柿の木が疾走して来る。柿がつぶてとなつて、車上の人の顔にぶつかつて来る。

○

山中らしい小さな驛――「内牧　うちのまき」――改札口の内のやゝ暗いところに托鉢僧が一人、腰かけてゐる。汽車が着いた気合とともに立上つてこちらを向く。山頭火だ。そこへ、農平、井泉水と近づいてゆく。「やあ、しばらく〳〵」「御機嫌よう」。酒壺洞、征二、霊芝、馬酔木、苦味生、皆そこにどや〳〵と集つてゐる。

○

（山頭火大うつし）剃つた程に短く坊主刈にして、赤らんだ大きな顔、強度の分厚の近眼鏡がぎら〳〵と光つて、其奥に人なつかしげな、少し潤んだ眼がある、がつしりとした鼻と意志的な唇。首から下げた絡子、頭陀袋など凡て禅門行脚僧のいでたち。旅の荷物を二包みにして腹背に振分けて肩ゲ、米袋や雑物の布袋を腰のまはりにも提げてゐる。手には網代笠を取り、又大きな鐵鉢（但し真鍮製）を持つてゐる。其手がたえず少しふるへる。

映画的表現になぜ、井泉水はこだわったのか。俳句と映画は意外に似通っている。殊にサイレントの場合、せりふによって内面を表白することができなかったから、心理を映像で表現することに大きな努力が払われた。そこで写し出されたのが自然である。例えば、岩に砕け散る波で激情を示し、雪解けのせせらぎに凍った心のなごみを示すといったように。清新、的確な比喩を行う能力は詩人に欠かせないが、無声映画の脚本家、監督、カメラマンには詩人と同じ能力が求められていた。（瓜生忠夫著『モンタージュ考』）

モンタージュとは、組み合わせのことで、映画では各ショットの映像をつなぐことで、それ以上の意味を作り出そうとする。俳句の理論に「二物衝撃」というのがある。山口誓子の造語で、異なる二つのイメージ（言葉）を重ねることでもう一つのイメージを生じさせるという俳句のモンタージュ理論である。その昔、芭蕉はすでに「発句は畢竟《ひっきょう》取合物とおもひ侍るべし」と言っているが、二十世紀の映画の時代、それは映像の時代でもあるのだが、俳人たちは自然の風景が持つ比喩性をより映像的に意識するようになったのではないのか。山頭火の句がまさにそれであるように。

十二景　熊が手をあげてゐる諸の一切れだ
――サキノとのしばしの日々

「雅楽多」の春

昭和五年の新年は「雅楽多」で迎えている。サキノと正月を過ごしたのは、もう何年ぶりか。指折り数えれば、五年ぶりだ。

五日は元寛の家で新年会。中津の松垣昧々に宛てて「火山会も今年は噴火しそうです」と書き送っている。十三日の緑平への葉書に「昨日は半日、元、寛、山の三人で花岡山へ登り曇映和尚をたづねたり、大徹堂をのぞいたりしました、もう梅が咲いてゐました」とある。「元、寛、山」は誤記で元寛、馬酔木、山頭火の三人組のことであろう。

山続きの花岡山と万日山には、それぞれ変わった坊さんが独居していた。花岡山には浄土宗の曇映さんが畑を耕しながら。万日山には沢木興道が果樹園のなかの別荘を借りていた。山頭火はその別荘を楠木町にあった「大徹堂」の名で呼んでいる。曇映和尚は浄土宗である。大徹堂をのぞいたというが、沢木興道に会えたのか。興道は座禅や仏法の講座などで九州一円はもとより全国各地に飛びまわっている。

曇映がときどき興道のところにやって来る。「おおあんた、どこへ行って来なさった」「鹿児島へ行った、大阪へ行った」「ほう、あんたのはクッツ鳥食い、わしのは、どんく食いばい」。クッツ鳥食いとは、鳥があちこち餌食をひろって歩く食い方で、どんく食いとは、ひき蛙が餌食の来るのを待っていて、近くに来たら大口開けてパクッと食うように、じっと座っていて食うという意味だそうな。

三人が出かけたとき、曇映さんは居て、元寛らが持ってきた酒肴で愉しく過ごし、万日山の興道の住まいものぞいたが、はたして在宅していたのか。「クッツ鳥食い」に出かけて留守だったのでは。山頭火について興道は何か触れていないかと思い、『沢木興道全集』を繰ってみたが、見つけ出せなかった。興道は昭和十年、駒澤大学に迎えられる。

谷尾崎には幕末の剣客井上平太がまだ健在だった。雲弘流の達人で武田流の流鏑馬の名手。ずっと年下の沢木興道のもとで参禅していた。平太が座禅を組んでいると天井から一匹のクモが糸にぶらさがって目の前にスウッと降りてきた。目障りになって仕方ない。「ええ、うち食え」と思ってぱくっと食ってしまった。あとで人に言っている。「ヌスットクモは食いなさんな。にがかですばい」。小泉八雲の『停車場にて』で殺人犯を上熊本まで護送してきた巡査は平太だ。翌六年二月八日、カメラを持った元寛と山頭火は連れ立って花岡山の東をめぐり、谷尾崎の山里に足をのばしている。「隠棲するには持ってこいだ。どうです、あのあたりに草庵の一室が欲しいですな」と話している。そのとき、元寛は山頭火に向け、カメラのシャッターを押したようだが。

息子の将来

旅暮らしになれた山頭火は落ち着かなくなる。托鉢僧となり、福岡へ出かけ、三宅酒壺洞、柴田双之介を伴って、二月十日には田川郡糸田村、木村緑平のもとを訪ねている。緑平は後藤寺の近藤次良にも声をかけ、香春《かわら》に遊んだ。のちに五木寛之の『青春の門』の舞台となった土地だ。『山頭火全集』書簡集の註に緑平は書いている。「まず湯山に一憩《ひといこい》するつもりで案内を乞うと、玄関に出て来た女中がジロジロ五人の風采をのぞくのであった。赤茶けた法衣をまとった坊主、蛮カラ蓬髪の学生、商人風の次良、普段着の下駄穿《げたばき》の緑平、一寸《ちょっと》身だしなみな服装をしているのは酒壺洞だけという具合で、にべなく断られてしまった。（略）翌日、酒、双の両君は帰福、山頭火は残ってもう一泊して行った」

ボタ山の雪晴れてゐる

筑豊から北九州などの福岡県内の句友たちを訪ね歩き、熊本に帰る途中、三月六日、荒尾町原万田の中村苦味生のもとに立ち寄っている。炭住ではなく、農家を借りて暮らしていた。雲水のお坊さんが訪ねて来たことを母も祖母も喜んでくれた。夕食に煮魚を出したら、きれいに骨だけ残し、食べあげた。祖母が「あのお坊さんはどこかイミョウ（威厳）がある」と話した。親子ほどの年の差があったが、酒をくみかわし、「層雲」同人のこと、若山牧水のことなど話は尽きなかった。

苦味生は小学校を三年までしか行っていない。石工の父が急死したためだ。妹と生後六十日の弟がいた。万田坑の雑役に母が就いて、飽託郡城山村（現熊本市）から移ってきた。十五歳で坑内にもぐった。近くに長山林二郎という年長の友がいて、「国しゃんも勉強したほうがよかばい」と国民中学講義録を貸してくれた。それが読めず、手を取って教えてもらい、おぼろげにわかってきた。講義録を購読するようになり、その付録の俳句の投稿欄に送ったら、特選に入った。大牟田の金善堂で荻原井泉水の『俳句に入るの道』を見つけ、「こんな俳句もあるのか」と買ってきたのが自由律俳句との出会い。「二つの太いちぶさがいこうている坑内の燈だ」そんな句をつくっている。

山頭火は苦味生と寄せ書きして緑平に「のぞけば豚のうめく」と句を添え、「ほんとうにしんみり話しあひました」と書き送った。山頭火を送る途中、陥没田に葦の芽がすくすく出ており、「こんなに芽ふきましたと送つてゐる」という句を苦味生は作った。

三月七日夕、山頭火は熊本に戻って来て、そのまま馬酔木と元寛と句会をした。「雅楽多」には、健が秋田鉱山専門学校を受験するために帰っていた。「逢へば父として話してくれる」と緑平には伝えた。済々黌を卒業し、二年経っている。済々黌での成績は悪くなく、自分の将来図を描き、進学を望んでいたが、サキノがそれを許さなかった。跡を継がせたかったのだ。健とすれば、苦労して育ててくれた母親だ。裏切れない。しかし、進学への夢を断ち切れず、このまま家に残り、店の手伝いをするのはあまりにせつなかった。健は父親に助けを求めた。済々黌を卒業し、どこにいたのか。飯塚の鉱山会社にいたらしい。

健は合格した。緑平に「ほんとうに我儘《わがまま》が出来なくなりました。少なくとも三年間は」と葉書を出している。健が秋田鉱山専門学校を卒業するまでは「事件」など起こさないよう身を慎まなければならないというわけだ。続いて「緑平さん、よい父となりえないものが、どうしてよい俳人となることが出来ませう——大いに世間並の句を作りませう、然しまだく出来ないので困ります」

緑平が苦味生の住所を聞いてきており、山頭火は「苦味生さんは好きな方です。原万田で届きます」と書いている。

苦味生が見たサキノ

四月六日早朝、中村苦味生が「雅楽多」を訪ねて来ている。球磨郡免田村（現あさぎり町）の浄土真宗了円寺の年若い住職川津寸鶏頭（「層雲」同人）を見舞いに行く途中、熊本で下車し、立ち寄った。二人で若葉の熊本城内をぶらついたあと、緑平に宛てて寄せ書きをしており、苦味生は「タコ壺かこひ草もゆる春になつた」と荒尾の海岸での句を添えた。

苦味生は三度ほど「雅楽多」に山頭火を訪ねているが、山頭火研究家木下信三にサキノのことを「大変な美人で、私はあとにもさきにもこんな美しい人を見たことがないくらいです」と語っている。「で、家で私を相手に酒を飲みましたが、奥さんにむかって、お前はあっちに行っておれ、と言って追い出すんですよ。（略）そんな奥さんを捨てるなんて、どういう気なのか、私は山頭火を疑いました」。「山頭火という人は実によく喋る」とも。「山頭火は店の売上金を黙って持ち出して飲んでしまうので、サキノさんは大変困って、同じ熊本の俳句友達の石原元寛さんや木藪馬酔木さんの家を回って、山頭火の所業を止めてもらうよう頼んだりしたんです。ところが結局どうにもならなかったのですね」（木下信三著『芽吹く季節―苦味生と山頭火』）

木下は『山頭火全集』書簡集にある「年代未詳四月四日」、熊本市から苦味生に宛てた葉書にも注目している。それは「お手紙を読んで、関東大震災の惨状を今更のやうに想い起しました（私もまた罹災者の一人でありましたから）、現実を見つめてゐると、そこから何物かが生まれて来ます、それは何物か、その何物を掴まなければなりません、人吉へのお出の節は是非お寄り下さいまし、お待ちしてをります、やりきれない私であります、まづは」というものだが、木下は昭和五年四月四日の葉書だろうと推測している。

つまり、四月六日、人吉の先の免田村に寸鶏頭を見舞いに行くので、熊本で途中下車し、立ち寄りたいという苦味生からの手紙に対する返事というわけだが、そこには大きな炭鉱事故があったことを思わせる内容だ。

木下の推測どおり、三月二十九日、三井万田坑でガス爆発事故が起きている。即死十人、重傷三人と当時の新聞記事にはあるが、実際はもっと被害は大きく、悲惨であったかもしれない。無事避難、脱出しながら、一酸化炭素中毒の後遺症に苦しむ者も出たかもしれない。苦味生はその惨状をもろに見たのであろう。炭坑長屋の家族たちの悲嘆の声も聞いたであろう。縷縷《るる》綴った苦味生の手紙を読み、山頭火は関東大震災の惨状を想い起こしたのであろうが、やりきれなさと憤慨を隠すことのできなかった苦味生にどう対応すればいいのか、実は山頭火にも分からなかったのではと思われる。現実を見つめることで、そこから何物かが生まれてくると山頭火はいうが、何物かが現実を変えてくれるのか――。それは結局、諦観《ていかん》ではないのか。俳句をやっている自分とは何なのか。そういう疑問も苦味生のなかには芽生えたのではなかったのか。

死んで坑からまだあがらない人名書き出してある　苦味生

悩む若者たち

社会の矛盾に苦しんでいたのは苦味生だけではなかった。白石黙忍禱もそうであった。阿蘇郡久木野村（現南阿蘇村）の大地主長野家の使用人、二十四歳の黙忍禱への返書。

「おはがき拝見、あの夜は失礼しました。あなたの気分を無視したやうに、声高でおしやべりしましたが、あれは私の癖でありますが、どうぞあしからず、またお目にかゝりませう、お互にホントウの句作に努めませう。こんどの二句は前の三句よりもすぐれてゐると思ひます。私たちは、もう一度生活の現実にたちかへらなければなりますまい。そのうちお大切に――」（昭和五年三月十三日）

黙忍禱は山頭火に何と書いてきたのか。不愉快に思うことがあったのか、この葉書だけでは分からない。使用人の立場でもあり、阿蘇から熊本には何度も出ては来られない。それだけに山頭火に会えるという期待は大きかったかと思われるが、無視するようにほかの人間と話し続ける。禅僧となり、諸国をめぐり、修行を重ねている山頭火なら、自分の悩みも解決してくれるのではと、と純真だけに思ったのだろう。「ホントウの句作」「もう一度生活の現実にたちかえらなければならない」と山頭火は言うのだが━。その後も葉書のやりとりはあっているが、実際会ったのはこのときの一回だけのようである。

山頭火は苦味生から寸鶏頭は思ったより元気だと聞き、訪ねて行っている。わらびの季節で、突然の訪問だった。ありあわせの山菜料理に球磨焼酎を出した。母親と妹と弟がいた。寸鶏頭は次男であった。球磨農学校を出て、短くはあったが水俣実科女学校で、音楽と絵の教員をした。バイオリンやマンドリンが弾け、尺八も吹け、油絵を描いた。高等小学校の代用教員となり、兄を頼って、京都に出て、やはり代用教員となった。「吹雪の子供つらなつてゆく」。兄が住職を継いだが、肺病で死し、寸鶏頭があとを継ぐことになる。小川町（宇城市）の仏教学校に学び、住職となるが、彼もまた胸を冒されていた。「眠つてはいない母をおそれつゝ咳こぼす」。床に臥した寸鶏頭を相手に山頭火は焼酎を飲みながら、話しこみ、やがて枕手に横になる。「蛙鳴く夜の病人へ長うなつて下さる」と寸鶏頭。

了円寺には山頭火が揮毫した「れいろうとして水鳥はつるむ」という書幅が残っているが、これは昭和四年九月に詠まれたものだ。
木下信三の小冊子『寸鶏頭と山頭火』による。それにしても木下は遠路あちこちに足を運んでいる。

江津湖で移動句会

四月十三日、火山会の同志らは江津湖上に船を出し、移動句会を試みている。これら三人はホワイトカラーだ。山頭火にしても地主出身で、黙って店に座っておれば、結構繁盛している店の主人だ。いわゆるプチブルである。阿蘇の大地主の使用人で、熊本に出てくることができない黙忍禱に宛て寄せ書きをしている。

熊本名所ハゑ津湖でござる　稀也
あらゆる意味でいー一日でした
水、酒、句、句、サイダー、豆、なんでもありました、
とにかく、おちついてやりませう、　山生
橋の下で休んでゐます　元寛

雲雀なく金峰山をまともに舟こいでゐる　　馬酔木

昭和四年九月、水前寺に開園した熊本動物園では、生まれたばかりのカンガルーと熊の子が市民の人気を集め、山頭火も仲間らと動物園に出かけたらしく、こんな句を作っている。

熊が手をあげてゐる諸の一切れだ

十三景　炎天の下を何処へ

――「行乞記」に映る農村風景

うつりゆく心の影を

昭和五年八月二十一日、山頭火と寥平は熊本市内の写真館のスタジオで記念写真を撮っている。寥平は白絣のさっぱりとした着流しで、腰をかけ、杖を持っている。膝には句帳を広げて。山頭火は法衣に鉄鉢を持った雲水姿であぐらをかいている。なぜ、寥平は杖を持っているのか。山頭火はこれからひとり孤独に人吉経由で宮崎、大分、北九州へと旅するのだが、「いつもそばには自分も一緒だよ」という〝同行二人〟の寥平の思いが杖を持たせたのでは、と筆者は考えたい。あるいは寥平の二十二歳で亡くなった前妻の回向を山頭火に託したのでは、と。しかし、想像が過ぎるのかも。

手帳に寥平は「山頭火ひょうひょうとして病むまいぞ」と餞別の句もしたためた。

山頭火は旅立つ前に日記を焼き捨てたという。

焼き捨て、日記の灰のこれだけか

ここに山頭火の覚悟も感じられるが、なぜ、それまでの日記を焼き捨てたのか、となるともう一つ分からない。これから書こうとするものと過去の日記とは性格が違うのかもしれない。それはおいおい分かってくるだろう。

九月九日、七時の汽車で宇土へ、宿に置いていた荷物を受け取って、九時の汽車で八代に。市街行乞、夜は餞別のゲルト（金）を飲み干す。宿は八代町萩原町吾妻屋。翌日午前中、八代行乞、午後重い足をひきずって日奈久に。いつぞや宇土で同宿したお遍路さん夫婦と一緒になる。日奈久温泉の織屋に二泊。夜、同宿の若い人と活動見物に出かけている。

佐敷町まで途中から汽車に乗っている。山頭火はずっと歩いてはいないのだ。汽車をずいぶん使っている。九月佐敷から球磨川に沿って五里歩き、あとは汽車に乗った。途中、寥平に葉書を投函している。

「私もどうやら旅人らしい気分になりました…」と書き、「大空の下を行く何処へ行く」と句を添えている。九月十四日、人吉に着くとすぐに郵便局を訪ね、局留めの来信七通受け取った。そこには寥平からの来信はなく、不満に思う。

人吉の宮川屋で「行乞記」にこう書いている。

「私はまた旅に出た。——

所詮乞食坊主以外の何物でもない私だつた。愚かな旅人として、一生涯流転せずにはゐられない私だつた。浮草のやうに、あの岸からこの岸へ、みじめなやすらかさを享楽してゐる私を、あはれみ、且つよろこぶ。

水は流れる、雲は動いてやまない。風が吹けば木の葉が散る。魚ゆいて魚の如く鳥とんで鳥に似たり。それでは二本の足よ、歩けるだけ歩け、行けるところまで行け。

旅のあけくれ、かれに触れこれに触れて、うつりゆく心の影を、ありのままに写さう、私の生涯の記録としてこの行乞記を作る」

山頭火にとって歩くことは俳句を作ることでもあった。いわば、創作のための旅でもある。旅というステージでの文学的パフォーマンスと言ったら、言い過ぎかもしれないが、そういう一面もあったはずだ。山頭火は以前、旅先から井泉水に「私は相変はらず徒歩禅——或は徒労禅をつづけてをります」と書いているが、歩くことは山頭火にとって座禅を組むようなものであったのだろう。じっと座るのでなく、彼は山河を歩きつづけた。山頭火は「俳句は気合のやうなものだ、禅坊主の喝のやうなものだ」と書いている。「自己に徹することが自然に徹することだ、自然に徹することは空の世界を体解することである」(『愚を守る』短章)。その言葉、なかなかに面白い。

「ぐつと掴んでぱつと投げる」。歩くことではじめて出現する世界がある。そこからぐっと句を掴むのだ。気合である。

行乞記を書いてお目にかけます

九月十五日、すでに人恋しさを感じている。この日は藤崎宮の秋の例大祭。飾り馬を追う勢子たちのかけ声が聞こえるような気がする。「何といつても熊本は第二の故郷、なつかしいこと限りない」と山頭火は綴る。そして、「あはれむべし、白髪のセンチメンタリスト、焼酎一本で涙をこぼす」。

向かいからラジオの音がにぎやかに聞こえて来る。どこからかジャズのレコードも響いている。「ヂャズ〳〵、ダンス〳〵田舎の人でさへ、もう神経衰弱になつてゐる」。山頭火が耳にしたラジオの音は、「雅楽多」のすぐ裏手の上追廻田畑町（下通一丁目）に昭和三年六月、九州で最初に開局したＪＯＧＫ（ＮＨＫ熊本放送局）からの電波によるものだ。

エログロナンセンスの時代といわれた。

人吉から九州新聞にこんな便りを出している。

「やうやくにしてまた旅に出ました、例の如く行き当りばつたりで、足に任せて歩きつづけてをります。けふは球磨川ぞひに、山峡をここまで来ました。ぞんぶんに山を眺め水を飲みました。或はアルコールを揚棄することが出来るかも知れません。いづれ、行乞記を書いてお目にかけます」

九月十七日、宮崎県京町（現えびの市）から寥平に向け、「おかはりないでせう。人吉でおたよりに接しえなかつたのはだいぶ不平でした。此次ハ都城局、おはがき一本おたのみいたします。旅ではそれが何よりのよろこびです…」と葉書をだしている。

この葉書のなかで「いづれ行乞記を書きます。九州と層雲とで発表していただきますつもり、何といつても行乞ハ辛い、いづれ遠からぬうちに、熊本附近におちつかなければなりません」、そして「先日の句を訂正して、炎天の下を何處へ」と書き送っている。

山頭火ははじめから「行乞記」はひとに読ませる意図をもって書いていたのだ。熊本付近に庵を結び、定住したいとも考えていた。前の葉書に書いた句が気に食わず、追いかけるように次の葉書で訂正する。自分の句へのこのこだわりは尋常ではない。この三つの事実が読み取れる。

もし山頭火が現代に生きていたなら、いちはやくホームページを立ち上げ、ブログを始めたであろう。そして郵便局は山頭火のライフラインであった。局留めで緑平などの句友からはなむけとして現金為替が届いていただろう。サキノからは下着など衣服が小包で。その中にはいくらかの現金もひそませて。
ようやく寥平からの葉書を手にし、すぐに返事を書いた。
「（略）人吉云々は私の覚え違いだつたのでせう。どうぞお許し下さい。此次は宮崎局、筆不精
あなたでもはがきだけは書かせますよ。宮崎から青島見物、鵜殿神社参拝、それから
――それから先は考へてをりません。とにかく、長い旅はとても出来そうにありませんが、そ
れでも、福岡、長崎、佐賀の霊場だけは巡拝しますつもり、私も出来るだけ、はがきを出します
よ。露でびつしより　汗でびつしより（略）」

芭蕉とホイットマンと山頭火

九州新聞の九月十九日付に山頭火は「破草鞋―〈旅日記から〉―」として十三句を寄せている。

朝は涼しい草鞋踏みしめて
炎天の下を何處へゆく
そうらうとして水をさがすや蜩に
岩かげまさしく水が湧いてゐる
さゝげまつる鐵鉢の日ざかり

こゝで泊らうつくがぼうし
大地したしう投げだして手を足を
寝ころべば露草だつた
あの雲がおとした雨に濡れて涼しや
雲かげふかい水底の顔をのぞく
蓑蟲も涼しい風に吹かれをり
山家明けてくる大粒の雨
ゆふべひそけくラヂオが物を思はせる

これらの山頭火の句が載った同じ紙面に荻原井泉水の論考「ホイツトマンと俳聖芭蕉と（下）」が掲載されている。井泉水はそのなかで「ホイツトマンも芭蕉も詩の精神を以て真実を宣伝した。其中《その》心思想となつたものは『自由』といふ事であつた」「平民の心を以て書いた詩、夫《それ》が万人の詩である、真実の詩である」と論じている。

井泉水の論考の向こうに山頭火が九州の山野を歩いており、偶然とはいえ、まさにリアルタイムで山頭火の世界とホイットマンと芭蕉の詩の精神が重なってくる。

都城から日豊線に乗り、宮崎市に。「層雲」の杉田作郎を訪ねたが、旅行中で会えなかった。

黒木紅足馬《こだるま》を訪ねたら、会えた。夜、宿に紅足馬が中島闘牛児を伴い、訪ねて来て料理屋に案内。「私ひとりで飲んでしゃべる、初対面からこんなに打ち解けることが出来るのも層雲のおかげだ、いや俳句のおかげだ、いやく、お互いの人間性のおかげだ！」。翌日の夜はまた招かれて闘牛児居で句会、というより飲み会。その翌日は作郎もひょっこり帰って来て、「予想したやうな老紳士」だった。その夜は作郎居で句会、二時近くまで過ごした。この三人は日向「層雲」三羽烏であり、作郎は九州の俳壇でもよく知られた存在であったが、初対面の山頭火をまるでまれびとのように扱っている。それだけ山頭火は「層雲」でも人気があったのだろう。

山頭火と「寅さん」

青島、鵜殿と南下し、飫肥（日南市）の理髪店で頭を剃ってもらっている。「若い主人は床屋には惜しいほどの人物だつた」と書いている。翌日、ぶらりぶらりと油津まで来る。小ぢんまりとした港町。「海はとろとろと蒼い、山も悪くない、冬もあまり寒くない、人もよろしい。世間師のよく集るところだといふ」。虚無僧、鋳掛け屋、薬売り、お札売りの老人、猿回し、浪曲師の夫婦…。旅から旅へと渡り歩きながら、日々の稼ぎを得る世間師。寅さんもその一人だが、この油津を舞台にした『男はつらいよ　寅次郎の夢』は、山頭火の「行乞記」をヒントにしている。

理容師の風吹ジュンに散髪をしてもらうところがそうだ。山田洋次監督と共同で台本を書いてきた朝間義隆監督に筆者は『九州・沖縄シネマ風土記』の取材で確認できた。朝間氏は「寅さんという旅暮らしのいまや初老の男を私たちは追いかけているわけです。旅の孤独と人との出会い。山頭火の心境に似てきても少しもおかしくはない」と話してくれた。

鹿児島県志布志まで足を延ばし、都城行の志布志線（昭和六十二年廃線）に乗車、途中下車して、岩川、末吉で行乞。

秋の空高く巡査に叱られた

「途上行乞しつつ、農村の疲弊を感ぜざるを得なかつた、日本にとつて農村の疲弊ほど恐ろしいものはないと思ふ。豊年で困る、蚕を飼つて損する――、いつたい、そんなことがあつていいものか、あるべきことか」

都城から有水、高岡町と木賃宿に泊まりながら、行乞中、発熱して悪寒がおこる。路傍の小さな堂宇をみつけ、狭い板敷に寝ていると、近所の子供たちが四、五人やってきて、声をかける。見ると地面にゴザを敷いて、そこに横たわりなさいと言う。横たわり、うつらうつらして夢ともなくうつつともなく、二時間ほど寝ていると、いくらか体調も戻り、行乞を続ける。宮崎市に再び戻って来て、夜、闘牛児を驚かす。その夜はそこに泊まり、翌日は紅足馬居に泊まり、二人から見送られる。

都濃町の宿での日記。「米の安さ、野菜の安さはどうだ、米一升十八銭では、敷島一個ぢやないか、見事な大根一本が五厘にも値しない。菜つ葉は一把で一厘か二厘だ、私なども困るが――修業者（就業者の誤記か）は、とてもやつてゆけない――農村のみじめさは見てゐられない」

まつたく雲がない笠をぬぎ

工藤好美のふるさと

延岡から日豊線に乗り、大分県に。重岡（現佐伯市）で下車、宿場町の小野市（宇目町）で行乞、そして三重町まで山道を急いでいる。「どちらを見ても山ばかり、紅葉にはまだ早いけれど、どこからともなく聞こえてくる水の音、小鳥の声、木の葉のそよぎ、路傍の雑草、無縁墓、吹く風も快かつた。峠を登りきつて、少し下りたところでふと前を見渡すと、大きな高い山がどつしりと聳えてゐる。祖母山だ」

照葉樹に覆われた山々が折り重なり、右手に海がのぞめ、佐伯の町が見えたはずだ。二万石の旧城下で、港町。そこには工藤好美の生家、工藤洋品店があった。工藤は英国の高踏的な唯美主義作家ウォールター・ベーターの研究家と知られるようになる。昭和五年に工藤が翻訳出版したベーターの短編集を読んだ堀辰雄は「文体を鍛えるのに絶好の本」と友人に勧めたという。

三重町から井泉水に。「重岡から八里、こゝまでは山路らしい山路で、久し振に汗が出ました、どちらを見ても山ばかり、山はいゝなアと今更らのやうに感じました、道べりの名もない草花、無縁墓、どこからともなく聞える水の音、小鳥の声、折々の虫のしらべ、紅葉にはまだ早いもの、雑木の親しさ、あんなところにあるかと思ふ山家、一軒茶屋でひつかける酒一杯——何もかもうれしくなりました、斯うして今私は歩いてをります」

三重町から滝廉太郎のふるさと、竹田町に。湯の原、湯ノ平、由布院湯坪…。山里を歩きながら、湯治場をめざす。そこで托鉢をして、宿に渡す米やまき代、たばこ銭などを稼ぐ。温泉に入り、疲れをとる。痔を悪くしており、温泉につかるのが一番である。「山頭火がたどった温泉の旅」という本が一冊書けるほどだ。現に山頭火が入った温泉として売っているところもある。

バカボンド、ルンペン、同じ道を辿るんだね

森町から中津に出て、松垣昧々居泊。「中津でハ愉快でした。句会ハフグ会で、——」と寥平に葉書をだしている。「あらなんともなやきのふはすぎでふぐとじる」という意味不明の句を添えて。下関には兼崎地橙孫が弁護士の看板をあげている。地橙孫を頼り、熊本に来たのは大正五年

だから、もう十四年も昔になる。数えだとそろそろ山頭火は五十路に。地橙孫ももう四十歳。以下、寥平に宛てた寄せ書きの葉書。

「山頭火本成坊熊本談しをしてゐます。昨年行く筈《はず》でした。失礼仕候。

思案へそ油さしつゝねる夜長　地

暮れて訪ねました

岩にかいてあるへのへののもへじ　山」

八幡を托鉢、飯尾星城子居泊。出勤する星城子と街道の分岐点で別れ、直方を経て糸田へ向かうのだが、歩いているうちに耐えられなくなり、直方からは汽車で緑平居に驀進《ばくしん》する。そして夫婦の温かい雰囲気に包まれる。「昧々居から緑平居までは歓待優遇の連続である。これでいいのだろうか」と記している。緑平居で、プロレタリアの文士同士の闘争記事を読んで嫌になる。「人間は互に闘はなければならないのか、もつと正直に真剣に闘へ」。緑平居で「読書と散歩と句と酒と」で一日過ごし、翌日は近郊探勝。香春町に泊まり、伊田の街で一週間ぶりの行乞。河川敷でサーカスをやっていた。若い踊り子や象や馬がサーカス気分を発散していた。「バカボンド、ルンペン、君たちも私も同じ道を辿《たど》るんだね」。夜は緑平居で句会。門司から源三郎、後藤町から近藤次良、四人の顔ぶれ。源三郎と枕を並べて寝た。後藤寺町では近藤次良居に四泊。もう十二月に入っていた。笹栗を行乞し、福岡の句会に出て、三宅酒壺洞泊。市役所職員の酒壺洞だが、博多の酒屋のぼんぼんで、戦後は仙涯の書画の収集・研究家として知られた。市内見物と托鉢に。空き家の壁に張られたビラの文字「酒呑喜べ上戸党万歳！」に目をとめ、山頭火はこう思う。「肉体に酒、心に句、酒は肉体の句で、句は心の酒だ、……この境地からはなかく出られない」。飛行場見学に行き、ちょうど郵便飛行機が来て、初めて飛行機というものを間近に見た。二日市温泉に泊まり、松崎行乞。柴田双之介居泊。善道寺町、羽犬塚、原町、大牟田と行乞をつづけながら、荒尾の原万田の苦味生のもとに。

坑内長屋の出入りはなかなかやかましかった。苦味生のいう「一種の牢獄といへなくもない」。その長屋で草鞋を脱いだ。苦味生は山頭火を迎えに行き留守。「母堂の親切、祖母さんの言葉、どれもうれしかつた」。苦味生が戻って来て、さっそく一杯二杯とよばれながら話をする。「苦味生さんには感服する、あゝいふ境遇であゝいふ職業で、そしてあゝいふ純真さだ、彼と句は一致している、私と句が一致してゐるやうに」。入浴して散歩をする。夜は苦味生の友人の家に泊まり、翌日はゆったりと過ごし、苦味生は長洲駅まで送った。もう月が出ていた。別れるのが惜しく、浜辺で酒を酌み交わした。松葉を集め、たき火をし、かんをつけ、貝殻を盃に。あとはもう汽車に乗れば、熊本である。

九州新聞に「行乞記」は連載されることはなかったが、旅の空から「句信」と称して三回にわたって送った句稿「破草鞋」「或る農村の風景」「打成一片」計四十句が掲載されているが、いずれも「行乞記」に収められている。

十四景　ヤスかヤスかサムかサムか雪雪

――三八九居でガリ版に向かう

師走の寒空をさまよう

十二月十五日、苦味生が買ってくれた切符で熊本駅に着く。ところが、サキノのいる「雅楽多」には向かわない。街をさまよっている。米屋町の蓼平を訪ねるが、留守。木藪馬酔木を訪ね、夕飯の馳走を受け、同道して元寛の家に行く。十一時過ぎまで話し込んで別れる。「さてどこに泊まろうか」。宿に泊まるお金はない。一杯ひっかけて熊本駅の待合室のベンチで寝ころんだ。うつらうつらしているうちに朝がきた。飯屋で霜消（朝酒）一杯。高橋へ寝床を探しに行く。引き返し友枝蓼平を訪ねるが、会えなかった。途中、托鉢もしたのだろう。本妙寺下の安宿に泊まる。報恩寺を訪ね、望月和尚に会う。芳野村の庵が空いていると聞き、峠の茶屋を越えて、探しに行ったら、庵にはもう人がはいっていた。蓼平を訪ね、二人が会えば、ブルジョア気分になって酒、酒、女、女…。どこかなじみの料亭に誘われ、ついでに年賀葉書を買うお金も恵んでくれた。

六日間さまよい歩き、舞い戻った先はサキノのもとだった。彼女は懐かしそうに、同時に用心深く、いろんなことを話し、山頭火は酔いも加わって寝てしまった。

庵を結び、そこで会員制の俳誌を出そう、と思う。元寛を訪ね、相談しているうちに具体化してきた。庵は「三八九居《さんぱくきょ》」と名付け、誌名は「三八九」、会員を募り、自活しよう――。貸し間を探して歩きまわり、もうあきらめて歩いていると、春竹の植木畑の横丁で、貸二階の貼り札を見つけた。貸主も悪くなく、さっそく移ってくることにきめたが、一文もない。緑平に甘えることにした。

十二月二十八日、「三八九日記」に「Y君の店に寄る、Y君もいゝ人だ、I書店の主人と話す、開業以来二十七年、最初の最深の不景気だと云ふ。そうだろう、そうだろうが、不景気不景気で誰もが生きてゐる、たゞ生きてゐるのだ、死ねないのだろう!」とある。Y君の店とは、水道町の安永信一郎の「立春堂」と見て間違いないだろう。I書店はどこなのか。昭和四年の『熊本市商工人名録』の書店の項に上林町「盛文堂」石島伊八が見られる。おそらくI書店はここのことだろう。ついでにこの商工人名録には、「雅楽多」は絵葉書店として出ており、佐藤サキノとある。

山頭火が阿蘇を行乞していた昭和四年十月三十日、古川ロッパらが「キネマ旬報」の創刊十周年を記念し、購読者増のキャンペーンに熊本に来ている。その記事に同誌の特約店として「雅楽多」と水道町の安永信一郎の「立春堂」の名がみえる。上通の東洋軒で映画ファンとの懇親会があっており、サキノも世話役として出たと思われる。

立春堂を訪ねる

「立春堂」の店先に山頭火が黒い着流し姿で現れたときのことを安永蕗子はエッセイに書いている。店先で父の信一郎に向かい声高に話したという。「町のはずれにちょうどええ西瓜小屋を買うた。そこへこもって、わしは俳句をつくる。あんたも来いや。来て、歌をつくるといい」

「そらあよかな、だが、わしには店も家族もある。ああたのように何もかも捨ててはできん」。夕食のとき、信一郎が笑いながら話した言葉を当時十歳の蕗子は聞き漏らさなかった。「西瓜小屋にこもったなら、さぞかしよか歌が出来るだろうが、そうもならんしな」

西瓜小屋とは「三八九居」のことであろう。あの一帯は西瓜の産地でもあった。

「三八九」とは禅門の言葉で、「絶対」を意味するらしい。山頭火が借りた春竹琴平町一丁目六一森永梅方は琴平神社の西裏手にあるが、琴平神社は二本木の遊郭の女性らの信仰を集めた。

ところでIさんという人物が日記に出てくる。Iさんを訪ねるが、居留守をつかわれる。「Iさんは私と彼女との間を調停してくれた人」である。「私がこんなになつたから腹を立て、愛想をつかして、面会謝絶と出たのかも知れない、子供は正直だから取次に出た子供の様子で、そんなふうに感じた、とにもかくにも、それでは、Iさんはあまりにも一本気だ、人間を知らない、――私はIさんのために、居留守が私の僻みであることを祈る、Iさんだつて俗物だ、俗物中の最も悪い俗物だ、プチブル意識の外には何物も持つてゐない存在物だから」

Iさんとはだれだろう。どちら側に立って調停に乗り出したのか。山頭火は「俗物中の最も悪い俗物」といっている。それでも大晦日にIさんを訪ねて行っている。

山頭火は夜遅く「雅楽多」に出かけている。店は映画館がはねるまで開けている。映画がはねると、館内から出てきた客の下駄の音が石畳の道に響き、「雅楽多」をのぞく客も少なくない。会えば喧嘩になる。それでも正月用の餅などは持たせてくれた。

夜ふけてさみしい夫婦喧嘩だ

花園の垣を越える

昭和六年一月一日、山頭火はいつもより早く起きて、雑煮、数の子で一本。めでたい気分になって、サキノのところに行き、年賀状を受け取る。二日の夜も新市街の雑踏を歩き、馬酔木のもとで馳走になり、十分きこしめして立ち寄り、サキノと大喧嘩をしている。五日、「三八九居」で新年句会を開くことになり、「雅楽多」から火鉢を提げて帰ってくる。重くて、土砂降りで、でこぼこ道に足を踏みすべらして、鼻緒が切れてしまう。白川に架かった長六橋を渡り、琴平までは三キロを超す。情けなさそうな山頭火の顔が浮かんでくる。

句会に集まったのは石原元寛、木藪馬酔木。蔵田稀也の三人、それに山頭火を加えても四人。いつもの顔ぶれである。熊本駅から駅弁を買ってきて、やかんで燗をつけた。

琴平は植木屋が多く、三八九居前の畑の前には葉ぼたんがかがやかに並んでいて、だれもが葉ぼたんを詠んだ。「遥かに煙突が見えて葉ぼたん畑」という句もあり、「それは実景そのままである」と「三八九居だより」に書いている。遥かに見えた煙突は大江の長野製糸の煙突であろう。山頭火の句は「よう寝られた朝の葉ぼたんを観て歩く」。

一月十日に詠んだ句。

　　ヤスかヤスかサムかサムか雪雪

「ふれ売一句」と前書があるが、筆者に浮かんでくるのは、新市街の電気館の向かいにあったという大衆食堂「ヤスカバー」である。トルコ帽をかぶり、ひげ面で、着物の上に前掛けをして呼び込みをしている。新聞にも広告を出していて、「安く賣るのはをいらが病ひ　いきのきれなきやなをりやせぬ」という新聞の広告文も愉快だ。

「ヤスカ、ヤスカ」で売っているヤスカバーの前を通っていると、暗い夜空から雪が降ってきて、雪、雪、雪…、寒か、寒か…。どこかで飲みたいが、懐は寂しい。サキノのところに戻るか、それとも「三八九居」で布団にくるまって寝るか。そんな心境であったのではないかと…。

一月十五日夜、熊本に戻って一か月を迎えていた。前日、家主から部屋代前払いの催促を受けた。山頭火はサキノのもとを訪ねて行き、新聞を読みながら、お金のことを切り出すのを待った。サキノはまだ店の仕事をしていた。そこに地震が来て、大きく揺れた。揺れがおさまり、ほっと見合す二つの顔があった。「詮方なしに、彼女に申込む、快く最初の無心を聞いてくれた、ありがたかつた、同時にいろ〱相談を受けたが！」。翌日も訪ねて行った。

「……へんてこな一夜だつた、……酔うて彼女を訪ねた、……そして、とうとう花園、ぢやない、野菜畑の墻《かき》を踰《こ》えてしまつた、今まで踰えないですんだのに、しかし早晩、踰える墻、踰えずにはすまされない墻だつたが、もう仕方がない、踰えた責任を持つより外はない……それにしても女はやつぱり弱かつた」

「三八九」のガリを切る

日銀熊本支店勤務の蔵田稀也が急に岡山に栄転となり、一月二十三日の夜、元寛居で別離の酒を酌み交わした。山頭火が三人に用意した記念品は郷土芸術、愛敬たっぷりの木葉猿であった。後年、稀也が大山澄太に語った話が残っている。夏の蒸し暑い日の午前十一時ころ、「雅楽多」に山頭火を訪ねて行ったら、山頭火はいま起きたところで、サキノが「あれですのよ、あれですからね」と言った。店の次の間にまだ蚊帳が吊ってあり、敷布団に山頭火が脱糞していた。「あれではね」と稀也はサキノに同情的だった。

一月二十五日の日記に「間もなく馬酔木さんが来訪、続いて元寛さんも来訪、うどんを食べて、同道して出かける、やうやくにして鑢板《やすりばん》を買つて貰つた」とある。お金を支払ったのは元寛である。翌二十六日には「雨、終日深夜、鉛筆（鉄筆の誤記か）を走らせる」。『熊本市商工人名録』によれば、鍛冶屋町の「博文堂」で謄写版の用具を売っており、西阿弥陀寺町に謄写版専門の印刷屋があった。山頭火はガリを切ると、それをそこの印刷屋に持ち込んだと思われる。

第一集は二月二日発行、発行編輯兼印刷人種田耕畝、印刷兼発行所は三八九會、「三八九會は山頭火を支持する俳句愛好者の集まりであります」と明記している。毎月発行。会友は会費として毎月三十銭、会誌一部を進呈、特別会友は会費五十銭、会誌二部呈する。会友は毎月自選句一句、互選句三句の送稿を。「三八九居」の住所とともに「雅楽多」の住所も出しており、サキノは「雅楽多」宛てにくる葉書を読み、山頭火がなにをやっているのか、気付いていただろう。

山頭火が「三八九」を出すのを井泉水は少し警戒したようである。元寛がプロレタリア俳句に関心を示していたためだが、東京での層雲社句会で原農平に会い、緑平からも手紙もきて、事情が分かり、山頭火からの返書として「九州の同人の親和機関として一つの冊子がある事は其意義もありませうし、それが物資の助けになれば両得でもあります。せいぐ御努力を願ひ、私も折々消息でもさしあげるものを御随意に原稿的に御選用を願ふ事にします」と書き送り、それが会員消息「一茎草」を飾っている。

免田の寸鶏頭からの「我ながら情けないほど弱りました。ここ三カ月生きるか、四カ月生きるか解りません、秋までは到底駄目です」という悲痛な消息も載っている。寸鶏頭は十月十一日、数えの二十九歳で逝去。

山頭火は灰色ブルジョアの幽霊か

苦味生から会費が送られて来て、山頭火は「今日の場合は有難く頂戴します」と三部送っている。「あんまり見すぼらしくて、送るには気がひけますけど、それが私自身の見すぼらしさとすれば仕方ありません、却つてい丶かも知れませんね、しかし第二集はもう少しは見直せませうよ」とも。

第二集（三月五日発行）に苦味生の「私の生活」が掲載されている。「昨年の秋から冬にかけて、此炭坑ではおびただしい人員整理があつた」と炭坑の過酷な状態を伝えている。休日が多くなり、月に二十一、二日（日給制）しか働けなくなったが、仕事はこれまで以上にひどくなった。人員は減らされ、しかしこれまで以上に能率をあげよという社の方針である。二交代（十二時間）制に統一され、実際はそれより三十分長く坑内にいなければならない。星のきらめくなかを出かけ、坑内を出て退けてくるのはもう七時過ぎで、晩飯を食べると、極端に疲労したからだはだるく、読書をしていても便りを書いていても眠りこけてしまう。机に向かったまま母から起こされる。「だが私は今健康である。どんな仕事にでも耐へ得る自信を持つてゐる。今は私たちの冬である」

山頭火は「久しぶりに、ほんとうに久しぶりに活動写真を見た」とこの第二集に書いている。見たのはソビエット映画『アジアの嵐』。「予期したやうによかつた。監督のプドフキン、主役に扮したインキシノフ、彼等の熱と力とは私にもしつかりと感じられた。最後の場面は殊によかつた。嵐、嵐、嵐、一切を吹きまくり吹きとばさずにはゐない嵐だつた」。世界館で上映されており、九州日日新聞の広告欄には、「吠えろ蒙古、起てアジア」と惹句が踊っている。プドフキンはエイゼンシュテインと並ぶソ連映画の双璧で、あの時代よくぞこんな映画が封切られたものだと驚かされるが、輸入されたのはドイツ版で、検閲のためにズタズタに切られ、字幕も「反帝闘争」調ではなく、有色人種の白人人種との闘いに書き換えられていた。

三月十五日、酒井仙酔楼が下関からやってきて、二十数年ぶりの再会。お城、水前寺と引っ張りまわし、動物園では動物のように食べ、寝転んだ。水前寺の水は美しいが、道路の埃には困ると仙酔楼は長髭をしごいた。十六日夜、元寛居で歓迎句会。顔ぶれは元寛、馬酔木、山頭火のいつもの通りで、山頭火一人で飲んで酔うて、何が何やらわからなくなってしまう。三月十七日、苦味生に「しばらくおたよりに接しませんが、何かおかはりでもあつたのではありますまいか」と葉書を出している。「ノンキに見えて、その実、シンケイカビンの私は、何やかや、あれこれと考へなくてもよい事ばかり考へてをります、今、仙酔楼さんを駅まで見送つて戻つたところです」。「三八九」第二集を送ったが、返事や次の集の句稿なども来ないので、気にしている。

筆者は荒尾市に苦味生が健在だと知り、インタビュー記事にした。長女一家と同居。夫人も元気だった。若いころの写真ではほっそりしているが、入道のように大きな顔をされていた。独特な健康法をしているといい、顔も頭もてかてかに光っていた。「山頭火は有名でしたよ。カリスマ性があって、『層雲』のなかにも絶大な人気があった」と言った。しかし、プロレタリア俳句の台頭で山頭火に批判的な意見も現れ、「かかる逃避をあえてする山頭火は灰色ブルジョアの幽霊だ」と「俳句前衛」を創刊した横山林二は書いてのけた。苦味生も山頭火に「方向転換」の手紙を出し、歌詩「まるめら」に加入する。戦後、組合活動にかかわった。山芋掘りの名人で、「こりゃよか芋あの人にもつていこばい」と思い浮かべたのは柳川で暮らす緑平の顔だった。山芋掘りをしたいとやってきた緑平に手拭いを渡すと、緑平はすかさず一句。「首に手ぬぐいを巻くと山芋掘りの格好となる」。緑平は大山澄太の強い望みから、山頭火から預かっていた「行乞記」をまず渡し、その後、「其中日記」も渡した。苦味生によれば、緑平はそれを手ばなすとき、身がもがれるほど辛く、悲しかったという。苦味生は平成十三年四月十日、九十二歳で逝去。いただいた年賀葉書がある。「さあ、あるけるぞ　あしのうらさらにたたく」。

微笑むクマモト

昭和六年三月十七日、九州新聞に「微笑むクマモト」という小説の連載が始まる。作者の浅山清は早大露文を出た同紙の記者だった。熊本医科大生を主人公に熊本の政財界のボスやその一人娘のモダンガール、それに有閑マダムや女教師などを配し、独立展や新進女流舞踏家の発表会なども交えた風俗小説だが、本当の主人公は「われら十七万市民のクマモト」とでも言おうか。

「ここは紺屋町、ヤギ百貨店。陽春の日曜日のデパートは混んでゐた。(略)一階からエレベータに乗って、二階の呉服部で降りると、三一年式セル地の陳列が彼女らの眼を射た。(略)」。昭和五年、八木百貨店が開業するまで、熊本市内のデパートは安巳橋通りの千徳百貨店だけであった。十月、新市街に銀丁百貨店もオープンする。千徳百貨店も翌六年十月、増改築し、五階建ての百貨店として面目を一新。ここに熊本市は「デパート狂想曲時代」を迎える。新屋敷や江津湖畔に豪奢《ごうしゃ》な屋敷を構える不在地主たちのプチブル的な暮らしも出てくる。浅山も地主の息子で、妻は新劇の女優だった。県会議員の叔父の車を乗り回していたというが、特権階級には批判的で、「一九三〇年頭初からの農村疲弊は、やがて農村革命を惹起《じゃっき》し、凡《すべ》ての地主階級が没落してしまうのではないか」と主人公に言わせている。

浅山は新聞社を辞めて、特定郵便局長となるが、ロシア文学を愛し、戦後は同人雑誌「詩と眞実」にも加わる。「日本談義」昭和四十八年五月号に「茂森唯士氏の訃報」と題した文章を寄せており、昭和八年、茂森が帰郷した際、九州新聞の先輩記者豊福一喜に誘われ、一緒に食事をしたという。

「三八九」を出し始めた山頭火はいきいきとしている。緑平への葉書に見て取れる。三月十九日、春休みに帰ってきた息子に会った。「たまたま逢へた顔が泣き笑うてゐる」。白船から書留も来たと。ありがたい、そちら（緑平）からも礼を言ってほしい。「三八九」第三集近々送る。まずは順調である。四月七日、秋田へ帰っていく息子を駅まで見送った。「今月は三八九を早く発行して御地方を行脚しますつもり、だいぶ停滞してゐたので垢がたまりましたよ」。三日にあげず葉書を出している。緑平から第四集用の句稿も届いた。

ところが、「三八九日記」の方は三月五日で終わっている。なぜ、日記は中断したのか。山頭火はどうやら日々のことがらをメモしておいていて、まとめて書いていたのではないのか、と筆者は考える。二月六日以降のものもまとめようとしながら、それが出来なくなった。また「三八九」第四集用の会友の句や消息も届いているのに第三集で終わっている。

昭和六年四月十九日付の九州日日新聞にこんな記事が載っている。

「十七日夜十時ごろ熊本市城見町料亭大和屋に市内琴平町種田耕畝（四七）と自称する男が訪れ二階の客間で芸妓をあげ散財したあげく勘定を請求されると現金の持合せがないから乾児《こぶん》をすぐ支払ひに遣はすからと言葉巧みに欺きて自動車を呼ばせ呆気にとられてゐる仲居らを尻目にか

け悠々と逃走した訴へにより北署で犯人厳探中」

この料亭のあったところと「雅楽多」とは目と鼻の先だが、山頭火がタクシーで向かった先は新屋敷の「乾児」石原元寛の家であった。元寛は両親らと同居し、すぐには金の工面はできなかった。山頭火は熊本北署に捕らえられ、しばらく留置され、検事局に回されたのではなかろうか。元寛は善後策に追われたようだが、当然、「雅楽多」のサキノのもとに相談に行ったであろう。九州新聞は記事にしていない。ここまで世間に恥をさらされたら、サキノも笑ってばかりはおれなかったろう。息子の将来にも傷がつく。健が秋田鉱山専門学校に合格したとき、山頭火は緑平に「ほんとうに我儘《わがまま》が出来なくなりました。少なくとも（卒業するまでの）三年間は」と書き送っていながら、この始末である。

四月二十七日、緑平への葉書。

「御無沙汰いたしました、私もとうく突き当るべきものに突き当り、落ちるところまで落ちました（これが何を意味するかは、元寛君の手紙が語つたでせう――）、これからはいよいよ本来の愚にかへり、本来の愚を発揮します、ヒトリとなつてベンキヨウいたしませう、三八九やれるだけやりますから御懸念なきように。

裁かれる日の椎の花ふる　　山」

緑平への石原元寛の手紙には「小さい一つの悲喜劇に過ぎないと信じます。こうした事に山頭火さんは苦しまれるかも知れませんが、事実は苦悩の結果がこうしたドラマではありは致しませんでせうか、畳のない生活であつたので痔が悪くなつて困つてをられるそうで、従つて三八九も十日過ぎになる由であります。この事からしても翁らしき円熟期に入らねばならない時だと思ひます。行脚されるにしたつて現代に於いて行脚それ自身が問題であり、頭翁にもその気持があるか疑はれます。三八九の翁の言葉の様に――プチブルの苦悩、インテリの悲哀、それを頭翁の生活に句に私ははつきりと見ます」とある。

実は元寛は山頭火が無銭飲食事件を起こす前、三月の月給から四円用立てている。そのとき、山頭火は『昭和新纂国訳大蔵経』全二十四巻と真鍮《しんちゅう》製の仏像を無理やり置いていっている。山頭火はこの全集を読破するつもりであったようだが、あまりページを開いた形跡は見られない。仏像はいつも持ち歩いていたものらしい。

また、元寛は久木野村の長野家に勤める白石黙忍禱に「山頭火さんも坊主としては駄目です。もし、山頭火がいい坊主であったなら、現代人としてつまらないか、或は世間的な常識的な高僧になってしまわれるでしょう」と書き送っている。

黙忍禱は平成十一年、九十五歳で亡くなるが、阿蘇に記者として勤務していた筆者は親しくしてもらった。井泉水が九州新聞に俳壇を持っていたのを教えてくれたのも彼である。号を忍冬花と改め、有季定型の俳句に戻っていた。「長野家でやっていたのは小作米の計算ですね。小作争議が盛んなころで、社会的矛盾も感じました。阿蘇を飛び出したかったのですが、母がいましてね」。阿蘇の山の中に閉じ込められた陸封魚であった。尾崎放哉のように京都の一灯園にいっそ飛び込もうと思い、元寛に相談したという。そのときの返書が先に触れた手紙の内容だ。

山頭火ブームが起きたころ、「層雲」の流れをくむ熊本の俳人は荒尾の苦味生と阿蘇の默忍禱しか残っていなかった。『山頭火全集』の書簡集に提供したのは熊本県関係では苦味生と默忍禱の二人だ。「結局、新し過ぎたのでしょう。五高生とか逓信局の職員たちが中心でしたから、彼らが卒業し、あるいは転勤するとあとが続かない」

山頭火を救った木庭徳治説を最初に言いだしたのは默忍禱である。「熊日の夕刊にお孫さんたちと座禅を組んでいる写真が載りましてね、ああ、この方だと思いました。大山澄太さんにそうお伝えしたわけです」と明かした。

平成六年三月、熊本近代文学館で「山頭火と熊本」展が開かれ、友枝家から見つかった資料を中心に展示された。筆者は熊日の編集委員だったが、資料収集などに協力した。石原元寛は戦後、電報電話局長などを務め、すでに亡くなっていた。馬酔木は結核を病み、郷里の日田に帰り、昭

店を開き、闇ブローカーなどをやったあと、八女市の中心部、福島の商業学校の教師となるが、無頼な日々からなかなか抜け出すことができず、福島の町で酔っ払い、翌日、五木は自転車を取りに往復八キロの道のりを出かけることもしばしばだったという。

この峠道を山頭火が越えて行ったのは昭和六年十二月二十四日であった。

その二日前の「行乞記」に「私はまた旅に出た」と書いている。熊本から植木まで汽車。味取の星子宅に泊まり、翌朝、鹿本鉄道で山鹿に。温泉街を行乞、温泉にもつかり、その翌日、県境の小栗峠を越え、福島の中尾屋に泊まる。宿を出ると、前夜は雪だったらしく、山の雪がきらきらと光って、旅人を寂しがらせる。思い出したようにみぞれが降り、ぬかるみに。八女市公園に「うしろ姿のしぐれてゆくか」という句碑が建っている。「行乞記」には飯塚の宿でこの句は記されているが、八女市在住の洋画家で郷土史家、杉山洋氏が当時の天気を調べ、小栗峠を越えたあたりで詠んだのではと見なし、この句碑を建立したという。

俳句は写生を尊び、風景を詠むものである。視線はあくまで作者側にある。しかし、しぐれていくなかを歩く山頭火のうしろ姿を、だれもがこの句に見る。

旅に明け暮れ、木賃宿で同宿する世間師などが登場する「行乞記」を読んでいると、戦前の無声映画、たとえば初期の小津安二郎や清水宏の映画を見ているようなそんな感じを受ける。一種のロードムービーである。

筆者は大学を卒業し、熊本日日新聞社に中途入社するまで十年七カ月、佐賀新聞社に勤めた。佐賀は空襲の被害をまったくと言っていいほど受けておらず、旧長崎街道に白壁の商家や藁屋根をトタンで覆った家も少なくなかった。新聞社の近くにあった「大ばかもり食堂」にときどき一人で出かけ、飯のかたまりを孤独感とともにのみこんでいたが、その大衆食堂が「行乞記」に出てきた。ボブ・ディランの「風に吹かれて」が流行ったのは学生時代だったから、筆者が山頭火のことに関心を持ちだしたのは大学を出て、二、三年後のころだろう。「寅さん」の映画がヒットし、続編が作りだされたころと重なる。「孤独と放浪の詩情やアウトロー風の生き方が当時の若い人たちの共感をさそった」と『山頭火読本』（一九八九年刊）にはあるが、もっと上の世代、あのころのバリバリのサラリーマンに受け入れられたのではなかったか、と思う。熊日に移ってのことだが、スナックで洋酒をキープし、その瓶に「まつすぐな道でさみしい」と書き込み、にやりと笑った鶴屋百貨店社長宮島昭二氏（故人）の顔を思い出す。

筆者が「行乞記」にひかれたのは、なつかしさにあった。経済復興は完全になしとげられ、経済大国の道を歩みつつあり、大正、昭和初期の時代が「うしなわれし日々」に思われてきていたのではなかったのか。「行乞記」を読むと、私たちが忘れ去った「日本の面影」に出会うことができる。筆者が子供のころ、家にやってきていた門付、虚無僧、托鉢僧もふと気づいたときには姿を消し、ドサまわりの芝居がかかっていた町の芝居小屋も無くなっていた。ラジオであんなに人気があった浪花節もすたれてしまった。

筆者が佐賀新聞の「文学の中の佐賀」で山頭火の「行乞記」を取り上げたのは昭和四十九年のことだ。カラー紙面一ページを使った月一回の連載企画だった。あのとき、唐津の名刹の禅寺の若い住職に頼み、托鉢僧の格好で波打ち際を何度も歩いてもらった。海開きの前の海水浴場と記憶する。波で濡れた砂に足跡が続く光景を撮りたかったのだ。その海の遥か彼方には大陸があるというイメージ。

当時、佐賀には「層雲」同人松田一男が健在で、県庁職員を中心に自由律俳句の流れをくむ俳句集団があり、筆者は一度、小城市清水の滝での句会に招かれたことがある。

キネマと戦争と山頭火

昭和七年一月十八日、山頭火は福岡県から玄海の海岸沿いに佐賀県に入っている。県境に近づくにつれ、しぐれていた天気が、晴れてきた。

鉄鉢の中へも霰

よく知られたこの句は、佐賀県境に入るとき、浮かんだものだという。左は山、右は海、その一筋道を旅人は行く。動きやすい心を恥じ入りながら。唐津には三泊。唐津が市に昇格した年で、初の市議選の最中だった。五銭の下足代を払って唐津座へ政談演説会を聴きに行っている。呼子から多久、武雄、嬉野と行乞と酒の旅を続け、「嬉野は、うれしの。休みすぎた。だらけた。一句も生まれない」と日記に書き残し、長崎県へと入った。

長崎市の諏訪公園の図書館で九州新聞を読み、望郷の念にかられる。

「行乞記」には、「二月十六日―廿二日　島原で休養」とある。実は出立したくても出来なかった。十八日、こんな手紙を出している。

「緑平老へ物申す――

どうでもかうでも――あなたの感情を△△して、こんな恥づかし事を申上げなければなりません、ゲルト三円五十銭送つていたゞけますまいか、少し飲みすぎてインバイを買つたのでありす、白船老には内々で――誰にも内々で。――

水を渡つて女買ひに行く　（略）」

緑平から送金があり、二十三日に出立。緑平は苦々しく、舌打ちしたかったに違いないが、放ってもおけなかったのだろう。男同士だが、惚れた弱みである。諫早から緑平への山頭火の葉書。

「御手紙ありがたいと申す外ありません。

　山へ空へ

　　摩訶般若波羅密多心経

御健康を祈つてやみません」

有明海沿いに佐賀県に戻って来たのはもう春を迎え、三月三日、佐賀市内を行乞。佐賀は物価が安い。酒は八銭。「大ばかもり食堂」のうどんが五銭、カレーライス十銭。四日夜、馬責馬場の昭和館で「肉弾三勇士」（「行乞記」には「爆弾三勇士」となっている）を見ており、「涙が出た」と書いている。酒を飲んでいたこともあってか頭が痛くなり、宿に戻って床に就いてからも気分が悪かった。「戦争—死—自然、私は戦争の原因よりも先づその悲惨にうたれる」と山頭火は記している。

清水晶著『戦争と映画』によれば、「肉弾三勇士」は六本も撮られたという。上海市郊外で爆弾を抱えた三人の兵士が鉄条網に突入、爆死したのは二月二十二日のことだが、そのわずか十日後の三月三日、河合映画の「忠魂肉弾三勇士」が封切られている。山頭火が見たのはこの映画であった。三流映画会社によるきわもの映画だ。

すでに前年の九月十八日には満州事変が始まり、中国との間に十五年戦争に突入していた。翌日、佐賀駅で出征兵士を乗せた汽車が通過するのに行きあわせている。旗と万歳の声が渦巻く中で、山頭火は「私も日本人の一人として、人々と共に真実こめて見送つた――私は覚えずに涙にむすんだ」と。若者たちは日に夜を継いで大陸に出征して行く。山頭火は、この戦争の持つ意味をあまり深く考えようとしていない。それはこの時代の日本人がなんら疑問も抱かなかったのと同様に。そういう意味では山頭火もごく平凡な日本人に過ぎなかったのだろう。それより自分の目からあふれ出る涙に「私にはまだまだ涙があるんだ！」と叫びたいような感動を覚えている。

もっともその五年後の昭和十二年十二月二十四日、山口駅に六百五十柱の遺骨が大陸から帰還する光景に出くわすのだが。

いさましくもかなしくも白い函
街はおまつりお骨になつて帰られたか

サキノへの未練

山頭火は草庵を結びたいと考えていた。熊本では失敗したが、熊本から離れた場所なら、失敗しないのではと考える。もう歩くのに疲れていた。山頭火も五十を迎えていた。最初によぎった候補地は玉名の立願寺温泉であった。そこは緑平が診療所に勤めていた三井鉱山の奥座敷といわれた。「緑平老の肝入《きもいり》、井師《せい》の深切、俳友諸君の厚誼によつて、山頭火第一句集が出来るらしい。それによつて山頭火も立願寺あたりに草庵を結ぶことが出来るだらう、そして行乞によつて米代を、三八九によつて酒代を与へられる」と頭のなかでどんどん計画が進み、緑平を慌てさせている。佐賀から小城、武雄、嬉野とやって来て、「嬉野は湯どころ、茶どころ、孤独の旅人が草鞋を脱ぐによいところです。私もこんなところに落ちつきたいと思ひます」と緑平に書き送った。その性急ぶりをなだめる緑平からの返書に落胆させられるが、「とにもかくにも歩こう、歩きつづけよう」と行乞を続ける。

三月二十六日、佐世保を行乞している。軍港であり、「空に飛行機、海に船、街は旗と人でいつぱいだ」。駅の待合室で偶然、九州日日新聞を読む。「此新聞へは私は好感を持つてゐないけれど、それが熊本といふ観念を喚び起してなつかしかつた」。九州日日新聞は山頭火が無銭遊興の疑いで北署に手配されたことを記事にした新聞社である。三八九居を引き払い、行乞流転を続けているのも自分の責任とはいえ、この記事もいくらか関係している。それでも熊本のことを思い出させて懐かしい。

四月三日の日記に「□を、愛する夢を見た」と書いている。「とう〱、一睡もしなかつた。とろ〱するかと思へば夢、悪夢、斬られたり、突かれたり、だまされたり、すかされたり、七転八倒、さよなら！」

□の空欄はサキノのことであり、これは性夢であろう。

　　忘れようとするその顔の泣いてゐる

四月十六日、福岡市街を行乞。「福岡は九州の都である、あらゆる点に於て、——都市的なものを感じるのは、九州では福岡だけだ」。しかし、福岡は行乞のむずかしいところだとも書いている。市部はどこでもそうだと断りながらも、同市の第一流の小売街を二時間托鉢して十五銭、百軒に一軒いただけるくらいで、「いたゞかないことになれて、いたゞくと何だかフシギなやうに感じた」という。

三宅酒壺洞居で短冊六十枚、半切十数枚書いている。山頭火のために庵を結ぶ後援会に一口二円の会費で加入して貰えば、句集一冊と短冊二枚、あるいは半切一枚贈答するというものである。悪筆の達筆に酒壺洞は感嘆し、山頭火も頷く。「層雲」四月号に山頭火のための「結庵基金募金趣意書」が掲載されている。発起人は久保白船、石原元寛、三宅酒壺洞、木村緑平。荻原井泉水も西行や能因を例にあげ、山頭火に草庵を作ってあげたいという友人等の懇情はまことに嬉しいとその趣旨書に「追言」を寄せている。

五月一日、糸田の緑平居にサキノから小包が届いていた。破れた綿入れを脱ぎ捨て、袷に着替えることができた。

五月三日、小倉を行乞し、関門海峡を渡り、下関に。翌日は長府を行乞、愛想の悪い宿に泊まり、徳山の白船居に向かう。途中、汽車に乗る。車窓に次々と道が現れる。あれは中学時代、修学旅行で歩いた道ではないか。伯母や妹が住んでいる道ではないか。少年青年壮年を過ごした道ではないか。二十数年前のことが映画のように思い出される。鯉のぼりが見えたのだろう。端午、そうだ、端午の思い出がいっそう山頭火を感傷的にした。

白船居で二泊し、歓迎句会も開かれ、翌日から再び行乞、小郡町に国森樹明《じゅみょう》を訪ねる。「層雲」の俳人で、小郡農学校の書記。旧家の生まれで、人柄がよく、山頭火より八歳年下。その後、山頭火が「其中庵」を結べたのは彼がいてくれたためだ。川棚温泉（現豊浦郡川棚町）の桜屋に草鞋を脱いだのは二十四日である。翌朝、出立しようとしたが、動けない。熱もある。病んで三日間動けなかったことで、ここに庵を結ぼうと心に決める。温泉では嬉野に負けるが、山裾に丘陵を配し、山頭火が好きな風景があった。じっとしておれなくなり、関門海峡を渡り、八幡の星城子を訪ね、電車と汽車を乗り継いで、緑平のもとに相談に出かけ、さらに熊本へと出かけている。

熊本で何があったのか。

六月十日、川棚の旅館に宛ててサキノから荷物が送られてきた。布団、やかん、着物、本、茶碗、位牌、盃、紙…。謄写印刷のガリ版と鉄筆も入っていたはずだ。

庵を結ぶということは別居するということである。熊本で三八九居を構えたのとは違う。あのときはまだ中途半端で、結局、三八九居をたたんで、サキノのもとに戻った。だから庵を結ぶことに失敗したと山頭火は思っている。こんどは完全別居である。その別居の費用を出してほしい、とサキノに頼みに出かけたわけである。山頭火にも未練があった。だから夢を見たのである。布団などをひとまとめにして送るように山頭火から言われたのか、それともあまりの身勝手にサキノが怒り、送りつけたのか。

荷物をひとまとめにして送り出し、しらじらとした畳の部屋でがっくりと肩を落としたサキノの姿が浮かんでくる。

十六景　椿がよく咲いてた豆腐買ひにゆく

——ふるさとのほとりに庵を結ぶ

小郡町に其中庵

昭和七年七月五日、山頭火第一句集『鉢の子』が届く。発行所は三宅酒壺洞、発行者は木村緑平。山頭火は「うれしかつたが、うれしさといつしよに失望を感ぜずにはゐられなかつた」と「行乞記」に正直に書いている。山頭火が考えていた題名は『破草履』だったが、井泉水の助言で『鉢の子』となった。鉄鉢のことだ。折本式で、装丁は「層雲」同人で京都在住の陶芸家内島北朗の手になるが、「装幀も組方も洗練が足りない、都会染みた田舎者！　といつたやうな臭気を発散してゐる」と手厳しい。

山頭火の美意識の高さ、こだわりを示す言葉だ。

借りようとした寺領の土地をめぐり意外にも難航する。川棚温泉の宿には百日近く長逗留して、駄目だった。山頭火に催促される度に緑平は後援会で集まった金を送っており、庵を建築しようにもう金も尽きていた。

小郡町（現山口市）の国森樹明を訪ねたとき、「ここにも庵居する似合いな家がないわけではありませんよ」と言ったのを山頭火は覚えていた。樹明を訪ねて行き、二人でその家を見分に出かけた。山手の里をめぐって、その奥の森のかたわら、夏草が生い茂った中に草屋根の小屋があった。屋根は漏り、壁は落ちていたが、そこにひきつけるものがあった。樹明の親族が所有するもので、月五十銭で貸してくれた。防府のすぐ隣。山頭火にいわせると「ふるさとのほとり」である。樹明が農学校の生徒らを使って屋根をふき替え、板壁や便所の修理をして、住めるようにしてくれた。四畳半と三畳が二間。土間があり、板の間や納戸、床の間や濡れ縁も付いていた。入居したのは九月二十日。「其中庵《ごちゅうあん》」である。山陽本線小郡駅から近く、交通の便のいいところであった。其中庵主となったことは「大満州国承認よりも私には重大事実である」という言葉で「行乞記」の最後をしめくくっている。

樹明は山頭火を酒屋に連れて行き、「この人が酒を買いに来たら、どうかツケで渡してくれまいか」と頼んだという。国森家では、妻がご飯を炊こうとしたら、米びつが空っぽといったことがあった。樹明が山頭火のところに持って行ったのである。山頭火にとって「樹明大菩薩」であった。

山頭火は「三八九」を復刊し、また会費を募ろう、と思った。「三八九」は第三集で休刊している。会費は前取りし、第四集の原稿も集めながら、踏み倒している。復刊するのに六円はかかる。緑平には迷惑をかけており、ためらうところはあったが、無心の手紙を出し、サキノにも出した。サキノからは「悪い手紙」が来て、火に投じた。彼女が怒るのも当然であろう。「雅楽多」はおそらく年中無休で、どこにも出られない。ひとり熊本に置き去りにし、自分は「ふるさとのほとり」で西行法師のように庵を結んでいる。「三八九」は復刊するが、第六集で終わっている。

「層雲」十一月号に消息。「昨日今日は何よりも畑作りに忙しく、大根を播いたり、ひともじを植ゑたり、ちしや、ほうれんそう、新菊等々と忙しい事です、ほんとうに落ちつきました」

澄太と黎々火

其中庵を結んでほぼ半年の昭和八年三月十八日、大山澄太が訪ねて来る。広島逓信局の職員で「広島逓友」の編集者だ。岡山県人、三十四歳。あらかじめ手紙を出していた。「五時頃、大山さんが約束を違へずに来庵、一見旧知の如く即時に仲よくなつた、予想した通りの人柄であり、予想以上の親しみを発露する、わざとらしさがないのが何よりもうれしかつた、とにかく練れた人である。お土産沢山、——酒、味淋干、福神漬、饅頭」

いかにも逓信局の職員で、編集者でもある。「練れた人」とは山頭火もよく見ている。大山はその夜、余分な寝具もない「其中庵」に泊まっている。その翌朝のことかと思われるが、山頭火に「出て来いや」と外の方から呼ばれる。出て見ると、庭の草の中にかがんでいる。呆れて立っていると「並べや」と言われ、朝の脱糞をした。「便所があっても、小便なんか、どこにでもした」と大山が語っている。山頭火は彼を試したのであろう。そこに近木黎々火《れいれいか》が現れる。まだ数えの二十一歳で、息子の健よりも二歳年下。本名は正史。実父は逓信省の役人。長府町（現下関市）の伯父の近木家に養子に入り改姓した。門司鉄道局に勤め、下関郵便局に勤める長兄が持ち帰る「広島逓友」の自由律の俳句欄に興味を持ち、投句するようになった。選者は大山であった。「層雲」にも加わり、大山から山頭火を訪ねるから一緒に行かないかと誘われ、長府町（現下関市）からやってきたというわけだ。以後、黎々火は山頭火に息子のような扱いを受け、なにかと頼まれごとを引き受ける。ちなみに山頭火の後ろ姿を写真に撮ったのが彼である。のちに俳号を圭之介と変える。黎々火は旧制の中学を卒業しても就職せずに四年間ぶらぶらしていた。不景気で就職難ということもあったが、それを許す環境だったのだろう。モラトリアムの若者だった。さすがに実母が心配し、親戚筋の門司鉄道局病院外科医院長村田桃源洞（「天の川」同人）に頼んで、就職させたという。（栈比呂子著『うしろ姿のしぐれてゆくか　山頭火と近木圭之介』）

それにしても山頭火のまわりにはなんと逓信省の関係者が多いことよ。

山頭火は一年ぶりに北九州を行乞し、六月七日、緑平居を訪ねた。月を見ながら語り合っているとき、ふと緑平がもらしたのは、健がこの春、卒業し、飯塚の日鉄二瀬に就職しているということだった。山頭火から健の話が出ないので、もしかしたらと思って口にしたのである。「其中日記」に「彼の近況をこゝで聞き知つたのは意外だつた、彼が卒業して就職してゐるとはうれしい、幸あれ、――父でなくなつた父の情である」と書いているが、それを知ったのは本人の口からではなく、ちと寂しかったろう。

蓮田善明の「広島日記」

山頭火の〝心友〟となる斎藤清衛という国文学者がいた。

彼もまた放浪の詩人であった。昭和七年三月、広島高等師範学校の教授という職を惜しげもなく捨て、木綿和服に下駄ばき、雨傘に風呂敷包みひとつのいでたちで国内を行脚し、東京郊外の祖司谷に自炊独居をした。その祖司谷の家で折本句集「草木塔」を読み、山頭火に読後感を手紙に綴って出したことで親しい間柄となった。山頭火は「お手紙なつかしく拝見いたしました、まだお目にはかかる機縁をめぐまれませんが、お噂はよく承つてをりました」と礼状を出している。

大山澄太から聞いていたのだろう。

それからしばらくして斎藤は大山と広島高師生後藤貞夫と其中庵に訪ねて行った。昼どきになり、山頭火は「わしは、酒の方を受け持つから、斎藤さんはご飯を炊いてくれ、大山君はおかずを頼む」と言って、後藤は豆腐や味噌を買いに走った。

昭和八年末、斎藤の行脚記『地上をゆくもの』が上梓された。広島で正月を過ごした斎藤は一月十三日夕、広島高師時代の教え子蓮田善明、池田勉、それに後藤を伴って、大山澄太の家にその新刊を進呈に行った。蓮田、池田は広島文理大の学生だが、すでに妻帯者で、教職を経験していた。のちに蓮田と池田は清水文雄など斎藤の弟子たちと「文芸文化」を創刊し、そこから学習院中等科平岡公威が三島由紀夫の筆名により『花ざかりの森』でデビューする。大山は斎藤ら四人を歓待する。牡蠣《かき》や野菜を煮た土手鍋などの家庭料理を蓮田は堪能する。妻子を郷里の鹿本郡植木町（現熊本市）に置いて、わびしい一人暮らしをしていたためだ。その宴で話題になったのが山頭火で、蓮田は大いに興味をそそられる。斎藤の『地上をゆくもの』の紹介を「広島逓友」に書くことになり、また山頭火の句集も借りて来た。斎藤は蓮田に大山のことを「広島一のいい人格の人」と言った。

蓮田は妻の敏子への手紙のなかで「大山さんの友人である乞食坊主の山頭火」について「早稲

田大学を出て、結婚もし、子供もあるが、今は一人で山口の田舎に庵を作って、時々行脚している。五十四になるそうだが、それでいて、例の高松のミス・ニッポンに気が有るという快僧」と書いている。蓮田は大山から借りた山頭火の句集を読み、「うれしもの」を覚えた。濟々黌時代、井泉水の『新俳句提唱』を愛読したが、山頭火の句に接したことでポケット日記帳に俳句を書き連ねるようになった。春休み、帰省し、長男晶一と野原で遊び、こんな句を作った。

茶の実つやつや草の中土の中

いちんち子供とひろつて弁当袋は茶の実

三月二十二日、蓮田は春休みから戻ったことを伝えようと池田を誘い、大山の家を訪れると、山頭火がいた。旅心が出た山頭火は、木曽路を抜け、信州伊那の俳諧師井上井月の墓を詣で、北陸にまわり、良寛の住んだ新潟の五合庵へ拝登しようと其中庵を立ったばかりで、最初の宿に選んだのが広島の大山の家だった。

蓮田が子供のころ、よく遊びに行っていた味取観音の堂守を山頭火がしていたと聞き、驚いた。幼なじみでもある妻に知らせてやらなければ、と思った。

山頭火と大山との対話を蓮田は傍らでメモし、「広島日記」に残している。『蓮田善明全集』の小高根二郎の解説の言葉を借りれば、「二人の対話そのものが、人間離れのした神さびた言葉

――そのまま句になっていたため」である。
山頭火は句を揮毫しながら、大山と話しており、「額と耳のいい人」と蓮田はメモしている。
いろいろ話してゐるのをきいてゐると、次のような言葉が大山さんと山頭火の間にとりかはされる。そのまま句になるし、或は翁がほんとにとらはれずに一生の快心の句作をしたいといふやうなものも、少くも近いものがある気がした。
こちらが暗けりや　あかりがわかる（大山さんの言葉そのまま）
とにかく其中庵の燈ない夜に蒲団しくくらいの火あかりが小郡の町の上ゆえあるといふて、
蒲団しく暗さに町のあかりがきてゐる
「蛙はもうないてゐますか」と大山さんが問ふと、
かえるは鳴かぬ跳んでゐるころ（山頭火の言葉そのまゝ『ころ』を附す）
大山さんは去年（?）はじめて山頭火の其中庵を訪うたころ椿がよくさいてゐて、豆腐かひにいつたことをおぼえてゐると、大山さんが話してゐるのを、おもしろく思つて――
椿がよく咲いてた豆腐買ひにゆく
二人の会話を

うちの庭には菫が、わたしのうちにはたんぽぽ
「鼠のゐない家なんてないものですよ、一度きたんですがね、帰つちまつたんですよ」と山頭火。みんな大笑ひ。
大山さんの奥さんが「帰つた」がおかしと笑ふ。
一ぺんきたが鼠は帰つた、ひとりの庵で
大山さんの床にかけてある山頭火の句はよい句だ。
まつたく雲がない笠をぬぐ

蓮田は山頭火の句を参考に自分でもいろいろ句を作っている。実際やってみて、「山頭火の句の作り難いのに感服する」とノートに記している。蓮田は電灯を点けっぱなしで寝ていた。朝、目が覚めるとすぐ枕元の本が手に取って読めるためだ。電球の切れることが続き、電灯を消すようになった。すると、朝、目が覚めてきたとき、人工の無機質な光でなく、空のあかりがしずかにやわらかくみたされているのを感じた。山頭火の「いつしか明けてゐる茶の花」の「いつしか」がそのまま胸に入ってきた。蓮田は自分でも幾つか句を作ってみて、「明くるままにあるひかりの中」が生まれた。今度は茶の花でなく、菜の花で挑戦してみた。「花の中入りゆく菜の花

の一本一本で《ひとつひとつ》」が最上句。「茶の花にいのちをこめている山頭火をよしとしておかずばなるまい」と蓮田。

「体が効かず寝て見る人の木の芽」という句を蓮田は日記に書いている。山頭火が北九州を行乞し、寒風で流感に見舞われ、寝込んだという話を大山から聞いて作った句だ。

斎藤清衛の自由律句集『かたことくさ』の出版に祝杯をあげようと大山夫妻が蓮田や後藤らに声をかけ、水源地奥の山つつじの中でピクニックをした。斎藤の俳句集にかこつけた親切な大山の招宴である。食えるだけは食い、飲めるだけは飲んだ蓮田は土堤の春草に横になった。とろとろと眠り、夢のなかにたんこぶをつけた晶一が現れた。ころころと晶一が転がる。「危ない！またこぶをつくるよ」。目を覚ました蓮田の目は涙で濡れていた。

詩人伊東静雄の親友で、三島由紀夫にも影響を与えた蓮田善明が詩人としての言葉を山頭火の句でもって鍛えたという事実はもっと注目していいのではなかろうか。

父と子は山の重なり

山頭火は広島の宇品から三原丸に乗船。神戸に着き、「層雲」俳人の家に泊まり歩き、京都では比叡山にも詣で、名古屋に出て、木曽を抜けて伊那谷の飯田町に四月十三日、たどりついたのがやっとで大田蛙堂居での句会後、発熱で寝込んでしまう。便所にもいけなくなり、病院に移った。「やつぱり、やぶれたからだでしたよ、肺炎といふ名そのものからブルジヨアじみていますね。（略）病院の窓といふものなかくおもしろい」と黎々火に葉書を出している。

山頭火が飯田町で発病し、ようやく其中庵にたどり着いたのは二週間後の四月二十九日夕で、その二日後、健が見舞いに来た。

「誰か通知したと思えて、Ｋが国森君といつしよにやつてくるのにでくはした、二人連れ立つて戻つて来る、何年ぶりの対面だろう、親子らしく感じられないで、若い友達と話してゐるやうだつたが、酒や缶詰や果物や何や彼や買うてくれた時はさすがにオヤジニコニコだつた」

山頭火は緑平を使って、健に仕送りを頼んでいる。これまでの行乞漂泊と酒浸りの日々がたたって、老け込み、無理がきかなくなっていた。托鉢にまわらなければ、米びつも空となり、水を飲んで空腹を満たした。健は仕送りを承知した。

「父と子との間は山と山に重なつているようなものだ」と山頭火は書いているが、同じ男性同士で、黙っていてもわかりあえるところがある。「母と子との間は水がにじむやうなものだろう」とも書いている。夫婦の関係、これはなかなか難しい。

ふるさとを裸足で味わう

山頭火は其中庵から汽車で防府に出かけることもあった。「町役場で戸籍謄本を受ける、世間的に処理しなければならないことが私にもある！」と日記に書いている。「宮市はふるさとのふるさと、一石一木も追懐をそゝらないものはない、そして微苦笑に値しないものはない」と。

雨ふるふるさとははだしであるく

この句を乞食僧のみじめな姿で歩いている、という解釈を筆者はとらない。雨に濡れ、裸足でなつかしい土をふみあるき、ふるさとを体いっぱいに感じているのだ。

右田村の町田家の近所を歩いていると、子供らが五、六人「ほいとうだ、ほいとうが来た」とあとについて来て、騒ぐ。妹のシヅが顔を出して、変わり果てた兄の姿に驚く。子供たちを追い払って、家人が気づかないように一番奥の離れ座敷に座らせる。菜園のちしゃを摘んできて、なますにして好きな酒をつけ、その後の話を聞く。主人は村長として山口県庁へ出張して不在だ。ほろほろと酔うて来たとき、「兄さん、すまんがのんた、明日朝は早うに起きて下さいな、皆が知らぬ間に立ってもらいたいでな」。妹は朝も二合徳利を一本つけた。そして五十銭玉二つを握らせた。やがて黙って笠を着た兄は、うしろを振り向かないで立ち去った。泰山木の白い花が足もとにこぼれていた。（大山澄太著『山頭火の道』）

はたしてこんな光景はあったのだろうか。

それより父を見舞いに来た健は、町田家や母の実家佐藤家に立ち寄らなかっただろうか。叔母、伯父として付き合いがあったと思うのだが。健にとっても幼い思い出のあるふるさとではないのか。佐藤家や町田家からも熊本に遊びに来ることもあったろう。サキノは人づきあいのうまいひとであったようだ。九州でも都会であり、阿蘇山という観光地も控えている。汽車に乗れば不便なくやってくることができる。

健の縁談

サキノから健に縁談をいってきたのは昭和九年十月のころで、健とすれば、まだ独身を続けていたかったのだろう。サキノはうすうす父親に仕送りしているのに気づき、こんな父親にまとわりつかれる前に早く身を固めさせようと思ったのだろう。進学にしても、進路にしても干渉し、自分のいうとおりにしないと気が済まない母親。それに比べ、自由人で結構、みんなから愛されている父親である山頭火。健から縁談のことで相談を受けたのだろう、山頭火は妹のシヅのもとに出かけている。十月二十三日の日記「やつと工面して、冬物を質受して、妹を訪ねる、子の結婚について相談するために！　肉親はたちがたくしてなつかし」。おそらく旅費の工面もあったろう。十月二十五日午後四時の汽車に乗り、熊本に出かけている。

日記に「熊本へ行かねばならない、彼女と談合しなければならない、行きたくもあり行きたくもなし、逢ひたくもあり、逢ひたくもなし、――といふ気持」。

その談合の結果は―。日記は五日間欠落。十一月一日の日記に「午後五時帰庵、やれ〳〵と思つた。そしてすぐ寝た。九州行そのものは悪くなかつたけれど、熊本はやつぱり鬼門だつた」。

　　Sよさようなら
　ああいへばかうなる朝がきて別れる

十一月三日の日記から。
「明治節、農学校運動会の騒音。
東京の井師五十歳祝賀句会へ打電――
　アキゾラハルカニウレシガルサントウカ
野菊、りんどう、石蕗《つわぶき》、みぞそばの花、とり〴〵に好きだ。
　みんな働らく刈田ひろかとして
あぜ豆もそばもめつきり大根太つた
たつた一つの、もぎのこされた熟柿をもがう

垣も茶ノ木で咲いてゐますね
秋もをはりの夜風の虫はとほくちかく　」

十一月七日、緑平に長い手紙を書いている。愚痴を聞いてもらえるのは緑平だけだと断ったあとで、「今次の熊本行きでは一生忘れることのできない、嫌な思ひをしましたけれど、それを契機として、転向、といふよりも復帰することが出来ました、自分といふもの、自分の心身がよく解りました、どれだけの未練や執着が残つてゐたか、どんなにからだが弱つてゐるか、今更のやうに山頭火には其中庵より外に落ちつくところはないことを痛感いたしました」。

しかし、このときの縁談は流れたようだ。

自殺未遂

翌十年七月二十九日の日記。「Kと会食、だいぶ瘦せていて元気がないから叱つてやつた、一年一度の父子情緒だ。待つた芸者と仲居とが口をそろへて曰く、親子で遊ばれる方は飯塚にもめつたにございません――これはいつたい褒《ほ》められたのか貶《けな》されたのか」。なんと山頭火は飯塚にやってきて、遊郭か料亭に健と二人で上がっているのだ。なんとも幸せな父子だろう。

ところが、飯塚で健と遊んで二週間もたたない八月十日、山頭火は自殺未遂を起こす。カルモチンを多量に飲んで卒倒し、縁から転がり落ちて雑草のなかにうつぶせになっていた。雨がふっていたので、雨にうたれて、自然的に回復した。無意識に暴れつつカルモチンを吐き出していたという。眼鏡を壊し、頬と腕と膝をすりむいた。日記に書かれたものを総合すると、そういうことになる。日記の冒頭に「層雲」の俳人亀井岔水（日銀門司支店勤務）に与えた報告書（手紙）の一節、「生死一如、自然と自我との融合。……私はとうとう卒倒した—」をあげたあと、「正しくいへば、卒倒でなくして自殺未遂であつた」とはっきり書いている。

「私はSへの手紙、Kへの手紙の中にウソを書いた、許してくれ、なんぼ私でも自殺する前に、不義理な借金の一部だけなりとも私自身で清算したいから、よろしく送金を頼む、とは書きえなかつたのである」とも書いている。

カルモチンは睡眠導入剤だ。山頭火は不眠症で酒とともに常用していたのだろう。いつも危険な状態にあったのだ。カルモチンで自殺未遂をした文学者といえば、太宰治がいる。二度未遂事件を起こし、最後には玉川上水に入水心中した。金子みすゞもカルモチン自殺である。

　　雨にうたれてよみがへつたか人も草も

山頭火は数えの五十三歳。二日眠れず、そこに国森樹明と伊東敬治が酒と駅弁を買ってきて、三人楽しく飲み、食べて話し、夕方連れ立ってシネマを見た。トーキーでないのでせっかくのエノケンも駄目だった。その夜はぐっすり寝て、翌日、樹明に誘われ、川尻に鮒釣りを見物。その翌日、農学校の用務員が樹明の手紙を持って来て、「今日は托鉢なさるということでしたが、米は私が供養しますから午後、川尻へいっしょに鮒釣りに行きましょう」。なんとやさしい人たちだろう。山頭火はその日、鉄鉢を魚籠《びく》に持ち替えた。「一竿の風月は天地悠久の生々如々である、空、水、風、太陽、草木、そして土石、虫魚、……人間もその間に在つて無我無心となるのである」

「再生記念、節酒記念、純真生活記念」としてひげを立て始めた。

伊東敬治は国森樹明と小郡農学校の同期であった。小郡町農会に勤め、昭和十二年山口県農会技師となり、戦後は山口県農業協同組合に勤め、山口県農業共済組合連合会長となった。

十七景　をとこべしをみなへしと咲きそろうべし

——息子の結婚と別離

贅沢な死に場所探しの旅

昭和十年十二月六日の日記。「旅に出た、どこへ、ゆきたい方へ、ゆけるところまで。旅人山頭火、死場所をさがしつゝ、私は行く！　逃避行の外の何物でもない」。このあと元日まで日記が切れている。広島の盛り場で風呂敷を盗まれたのだ。その中には日記や句帳、原稿がはいっていた。

年が明けて昭和十一年の正月を岡山の蔵田稀也居で迎えた。日銀熊本支店から栄転し、岡山支店長。夫、妻、子供六人、にぎやかだった。あんまり寒いので、九州へひきかえして春を待つことにした。二月二十六日、八幡の星城子居で二・二六事件を知る。「省みて、自分の愚劣を恥ぢるより外なし」と。八幡でも牡丹雪が降った。糸田の緑平居で山頭火後援会の事務家となって第四句集『雑草風景』の発送に当たる。『鉢の子』（昭和七年）、『草木塔』（八年）、『山行水行』（十年）、それに今回の『雑草風景』、発行人は緑平。折本式の句集でそれなりにお金もかかっている。そこまで面倒を見させていながら、日記では「緑平老は私の第一の友人」で終えている。緑平の妻もにこにこして温かく迎えてくれた。

三月三日。「酔うて、ぬかるみを歩いて、そして、また飯塚へ、それから二瀬へ。逢うてはならないKに逢うたが。とろ〳〵どろ〳〵、ほろ〳〵ぼろぼろの一日だつた。死に場所が、死に時がなか〳〵に見つからないのである」

そして、三月五日、門司から欧州航路帰りの「ぱいかる丸」に乗り、船の甲板から郷里の山脈を眺める。

　ふるさとはあの山なみの雪のかがやく

六日朝、神戸の街に。「層雲」俳人らを訪ね歩いての無銭旅行である。「死に場所探しの旅」といいながら、どこでも歓迎され、酒、酒、酒。大阪、京都、名古屋、鎌倉と名所旧跡もめぐり、四月五日、品川に着く。まずそこの水を飲んだ。東京の水である。電車に乗った。東京の空である。十三年ぶりに東京に来たのだ。大泉園に井泉水を訪ねる。二十人ばかり集まって句会。ほとんどが初対面である。夜は層雲社に泊めてもらった。句友に誘われ、銀座に遊び、プロレタリア俳句の旗手であった一石路夢道も訪ねている。東京三日目は浅草をぶらつく。「定食八銭は安い、デンキブランはうまい、喜劇は面白い」。四日目は浅草から上野へ、それから九段、丸の内へ。五日目の九日に千歳村（現世田谷区）の斎藤清衛を訪ね、一緒に恒春園の徳冨蘆花の墓に詣でる。櫟林《くぬぎ》のところどころに辛夷《こぶし》の白い花ざかり。落窪の前田夕暮を二人で訪ねる。さらに落合に住む山口中学の友人青木健作を訪ね、そこに原農平も来訪してきて、四人で夜更けまで話し興じた。山頭火は原農平の家に泊めてもらった。そのときのことを斎藤は「わたしは、外国に出かける準備に忙しい時であつたが、その訪問は嬉しくありがたかつた。法衣姿でやつて来るかと思つたら、きちんとした羽織姿でやつてきた。きけば井泉水（？）のところで借着して出かけてきたのだと言ふ事であつた」と書いている。

丸の内に茂森を訪ねる

その翌日、丸の内の東京ビルに茂森唯士を訪ねている。皇居の桜は満開だった。

茂森はかつて「戦旗」にも寄稿しており、彼の「ソヴエート文化の発展」が掲載された「戦旗」昭和四年十一月号には徳永直の「太陽のない街」が連載されており、小林多喜二の『蟹工船』の新刊紹介が載っている。茂森の最初の翻訳は『レーニン論文集』で、トロツキーの『文学と革命』を訳刊し、トロツキーとも駐日ソ連大使館を通じて文通していた。やがてマルキシズムから離れ、小山内薫、秋田雨雀、米川正夫らの日露芸術協会発足に参加した。

山頭火が訪ねてきた昭和九年、茂森は日蘇通信社の「月刊ロシア」編集長となっていた。オーナーは実業家の松方幸次郎である。茂森はソ連関係のアナリストとして知られた。「五・一五事件や満州事件後、日本を吹きまくった軍国守護の嵐に歩調を合わせた転向であった」と自ら回顧している。茂森は山頭火を車に乗せ、料亭に案内した。「歯が抜けおちて白いあご髯がピンと前にはね出し、容貌も老いと人生の苦労にけずられて一種独特のきびしく風格に変ってきていた」が、酒を酌み交わすうちに「十数年前の彼とは非常にちがっていたものとなっていた。どこかゆとりのできたしみじみとした味わいが深くなっていた」(「種田山頭火の横顔」)。高円寺の家に泊め、翌日朝に別れたのが永遠の別れとなった。

ついでに書けば、丸の内をビルがたち並ぶオフィス街とし、「丸の内の村長」と呼ばれたのが三菱地所部長の赤星陸治である。現八代市鏡町生まれ。ホトトギスの俳人で、俳号水竹居。虚子と同年。丸の内ビルのホトトギス発行所で文章勉強会「山会」が毎月開かれ、虚子に批評を乞うた。最も熱心だったのが水竹居。熊本の俳誌「阿蘇」の選者を引き受けたが、水竹居は「ホトトギス」熊本支店であることを主張した。「阿蘇」は虚子の教えにいまも忠実だといわれる。

山頭火はいったん、東京から離れ、藤沢、伊東、熱海と伊豆半島をめぐり、沼津まで出かけ、東京に戻ってきて、四月二十六日、築地の料亭「伊吹」での「層雲」会に出席。

五月二日、新宿から甲州街道を信州へと向かう。長野市の善光寺にも詣で、汽車で一茶終焉の地、柏原も訪ねた。六月、新潟の良寛遺跡をめぐり、山形、仙台を経て平泉に至る。日本海岸を引き返し、福井に。七月八日、緑平に「永平寺参籠五日間。／水音のたえずして御仏とあり／さびしいのか、かなしいのか、あはれあはれ　旅人山」と書き送った。

山頭火が其中庵に帰り着いたのは昭和十一年七月二十三日。八か月に及ぶ長旅だったが、これはといった句は生まれていない。緑平に「ようやく帰つて来ましたが、身心ぐだ〳〵で、草だらけ埃だらけの中に、夜も昼もこん〳〵としてねむりつゞけました、いづれまた」。

放浪の歌人宗不旱

いま、筆者のなかに宗不旱の姿が浮かんでいる。

死に場所を探す旅だといいながら、山頭火のこの甘ったれぶりはなんだろう。それに比べ、宗不旱は――というわけである。

不旱は熊本市上通の商家の生まれだが、幼少年期を祖父のいる鹿本郡来民（現山鹿市）で育つ。山頭火より二歳年下。濟々黌を放校になり、長崎の鎮西学院を出て、熊本医学校に進むが、短歌への思いが断ち切れずに退学、上京する。若山牧水、北原白秋、斎藤茂吉らを短歌雑誌の俎上《そじょう》にあげ、鋭く攻撃した。自我が強く、喧嘩早いため、「総スカン」といわれるほど敵をつくった。朝鮮から中国大陸に渡り、硯づくりの技術を覚え、硯の石を探し、路傍で硯を売りながら、台湾まで放浪を続けた。

昭和五年八月二十八日、熊本市内の民衆バーで不旱の歓迎会で催されている。山頭火が日記を焼き捨て、心機一転、球磨、日向、北九州へと行乞行脚に旅立つ一週間前だ。

不旱は東京で妻帯していた。相手は十九歳年下のいとこ、咲である。次々と子供ができたが、血が近いためか、虚弱で障害のある子も生まれた。昭和十四年、熊本で越年した不旱は長崎県の五島や四国などにも足をのばし、東京の家にたどり着いたら、「忌中」の張り紙がされていた。長女が疫痢で亡くなり、四人の子はカトリックの病院や親戚の家に預けられていた。その年の十月、不旱は生後五か月の二女を抱いて、熊本駅に降り立った。確かに背負った「荷」は不旱の方が圧倒的に重たい。山鹿の親戚に預かってもらい、本人は「日本談義」の荒木精之の家に居候し、九州新聞社の校閲に採用されたが、長くは続かなかった。咲に二女の顔を見せようと東京に戻るが、長い汽車旅でぐったりとなり、乳児院で息を引き取った。施設に預けていた二人の子も相次いで亡くなった。

熊本人の今田哲夫は、京都の旧制中学で教えていたが、成城学園に移り、蓮田善明と同僚となり、大山澄太とも知り合う。今田の家に宗不旱が訪ねてきたとき、山頭火のことを話題にして、漂泊生活について聞いた。そのとき、不旱は「その山頭火のまねは出来ない」と言って、にやりと笑ったという。今田は「なるほど」と思い、山頭火の「鉄鉢の中へも霰」といった悟得の句と比べると、不旱の歌はけっきょく人間くさい、と書いている。この文章は「日本談義」昭和二十六年九月号に発表されている。

不旱という人物は俗人である。ところが、その俗人たるところに彼の捨てがたい人間味を今田は見ている。不旱は戦時中、第二歌集『荔支《れいし》』を持って訪ね歩く。「阿蘇か久住の山で死にたい」ともらしていたという。中風を病み、歩くのも不自由だった。その放浪の一歩一歩は死出の旅であった。昭和十七年五月末、不旱は阿蘇内牧の達磨温泉に二泊し、「来民に行く」と言葉を残し、阿蘇北外輪の山中に消息を絶った。

「熊本は山頭火に冷たい」という声を聞く。熊本市内には山頭火の句碑は、大慈禅寺、報恩寺、味取観音の三か所にしかない。筆者はそれをよしとしている。「雅楽多」のあった場所のそばには説明板すらない。それは、宗不旱の壮絶さ、人間臭さがあまりにも強烈であったため、彼を知るひとたちには、山頭火にはもうひとつ心が向かなかったとでも言おうか。

健の結婚

其中庵に戻って、山頭火はしきりに健のことを思う。八月九日、健から送金があった。「心臓がハッとした、自ずから眼が熱くなつた、感謝と慚愧とに耐へなかつた。山口へ行つて、いろいろ買物をして、湯田温泉にまわり、湯につかつた。そして快い酔いを持つて帰つた」。十二日の日記、「Kを夢みた。彼が近々結婚するので、その式場の様子をまざ〳〵と夢に見たのである。私には何も贐《はなむけ》するものがない、ああ」。十四日、ロンドン日本大使館気付で斎藤清衛に長い手紙を書いた。そのなかに「この旅はやつぱりようない旅でした」。ブルジョア気分の旅に終わったという自省の念であった。この日、正午のサイレンを聞き、樹明と魚釣りに行く。土手から撫《なで》し子《こ》を摘んできて、机上の壺に生けた。

十九日、緑平への葉書。

「Kが結婚するそうな、いや、したそうな

　をとこべしをみなへしと咲きそろうべし

この一句が私のせめてものハナムケに有之候、あはれといふもおろかなりけり」

山野に自生するオミナエシ科の多年草、男郎花、女郎花。背丈は一メートルほどに伸び、夏秋、小さな花を多数傘状に着ける。男郎花はやや粗っぽく、白い花。女郎花は黄色い花。生命力、繁殖力あふれるその野の花が咲き誇るように、夫婦力を合わせ、懸命に生き、丈夫な子供たちを持てという、父親からのはなむけの言葉だろう。

おそらく健は式に出てもらいたかったのだろう。そのため、余分に送金もしたのだ。『山頭火の妻』の著者山田啓代に健は「母は感情が死んでいましたね。私の結婚式にしても、別にこれといった感慨はなかったようです。山頭火は、久保白船の家で結婚の事は聞いていたはずですが、出席もせず、電報も来ませんでした。佐藤家の伯母と、山頭火の妹の町田シヅが出席してくれました」と語っている。

山頭火は俳壇では有名人となっていた。健の結婚の前、福岡日日新聞が山頭火のことを取り上げている。炭坑医の木村緑平、福岡の三宅酒壺洞、郷里の久保白船など山頭火の句友にも列席してもらい、井泉水や鉱山会社を監督する立場にあった原農平から祝電が来れば、どんなに晴れがましいだろう、と健も思わなかったわけでもなかろう。

山頭火とて、人を喜ばす方法を知らないわけではない。井泉水が昭和八年、其中庵に訪ねて来た際、国森樹明が勤める小郡農学校で講演を頼み、樹明の株を大いにあげさせた。

しかし、捨てた息子の結婚式にのこのこ出るわけにはいかない。それは許されないことだ。サキノもそれを許すわけはない。そうとは分かっていても悶々と悩み、夢にみる山頭火である。健の妻は熊本の女性で、旧家の出のようである。探してきたのはおそらくサキノだろう。土地になじんで、知り合いも多かった。息子には熊本の女性をと決めていたと思われる。しかし、いざ結婚となると、息子を失うことにもなる。夫は家を出ており、残された子も結婚して去って行く。サキノは孤独感に襲われ、感情を押し殺そうとしたのではなかろうか。

ふるさとの味

翌年の昭和十二年三月十七日の日記。「へうぜんとして直方へ飯塚へ、そしてK（健）のところへ。初めてS（筆者註＝健の妻）に面会する、まことに異様な初対面ではあった！　父父たらずして子子たり、悩ましいかな苦しいかな」

三月十九日同。「雀、鶯、草、雲……愛憎なし恩怨なし、そしてそして愚！　若松へ、多君を煩はして熊本へ。熊本駅で一夜を明かす」

三月二十日同。「朝、彼女を訪ねる。子に対する不平、嫁についての不腹を聞かされる。無理はないと思ふけど、私は必ずしもさうとは思はない、それは多分に人間（女）の嫉妬がまじつてゐる」

三月二十一日同。「酒、酒、酒、歩く、歩く、歩く」。

三月二十三日同。「義庵老師を慰める。奥さんが亡くなられて、めつきり弱つてゐられる。午後の汽車で帰途に就く」

三月二十四日同。「小郡を乗り越してS（筆者註＝妹の町田シヅ）を驚かす。内縁のうれしさいやしさ。ほんに酔うて、ぐつすりと寝た」

たまたまたづね来てその泰山木が咲いてゐて

泊ることにしてふるさとの葱坊主

ふるさとはちしやもみがうまいふるさとにゐる

うまれた家はあとかたもないほうたる

第六句集『孤寒』に収められた「妹の家」四句はこのときのもので、町田家の近くを托鉢してまわり、「ほいとうだ、ほいとうが来た」と子供たちに追いかけられるようなことはなかったのでは。まして妹シヅが近所の目を気にして、朝まだ暗いうちに山頭火に五十銭銅貨を二つ握らせ、家から送り出し、そのとき泰山木の白い花が足もとにこぼれていた、という『山頭火の道』にある光景はこれらの句をもとにした大山の創作であろう。

『山頭火全集』の年譜では、再び熊本に向かうことはなく、サキノのもとには訪れていないとされるが…。

斎藤清衛の訪問

この年の八月十三日、斎藤清衛が其中庵を訪ねている。其中庵のあるあたりに白い干し物があり、「留守ではないぞ」と斎藤はつぶやいた。戸口からのぞくとかまどの前にしゃがみこみ、火吹き竹でぶうぶうと吹いていた。声をかけると「斎藤さんかあ」といって笑いをほの見せた。二人は裸になって寝そべって話した。話題が旅の話に落ちるのは自然であった。やがて正午近くになり、「午餐《ひる》を抜きにしている」と斎藤がいうと、胡瓜を輪切りして醤油をかけて供した。裏口に出て、木枝をぽきりぽきりと折っているような音がしていると思ったら、急ごしらえの箸を作ってきてくれた。

時折、汽笛が麓の方から響いてくる。それは小郡駅に発着する汽車の音がこだましているもので、よく耳をすますと、「ばんざあい」という出征兵士を見送る人々の声も風にのって聞こえてきた。

斎藤はこの「山頭火と其中庵」という文章のなかでロンドンの宿舎で受け取った山頭火からの手紙についても触れている。山頭火が東日本まで足をのばした旅を終え、「この旅はやっぱりようない旅でした」という反省の一句を認めたとき、山頭火を責める気にはなれず、ひたすらに弱々しいものを抱いて生まれ出たお互いを悲しみたいと思ったという。

「こころおちつけば水音」という近作が山頭火の手紙に書かれていて、欧州の旅でどんなにもこのような水音にあこがれ、アイルランド島で初めて古里できいたような水のせせらぎの音を耳にして、山頭火の句をくり返し口ずさんだという。

山頭火の息子健が其中庵を折々訪ねて来ることを斎藤は耳にしていた。結婚した噂なども聞いた。山頭火が一か月生きるのに何といっても十円の金が必要だというのは全くそうである、と斎藤は思う。「物がみんなあの塩とマッチのように安いといいが――」そうした山頭火の言葉は簡易生活をしたものでしか分からない、と。ともかく、いまの山頭火の最小生活費は父をしのぶ子息の心やりで出るようになったというのはいかにも床しいかぎりといわねばならぬ、と斎藤は思う。

結婚したという息子にあてた「をとこべしをみなへしと咲きそろふべし」(『柿の葉』)のこうした山頭火のこころを子息も深く酌みえているに違いない、と斎藤は書いている。(昭和十二年十月「伝統」)

純情でけっぺきな山頭火

「其中日記」によく「Kさん」が訪ねて来る。山頭火はこのKさんには心を許し、訪ねて来るのをいつも心待ちしている。Kさんとは、河内山光雄（号・暮羊）といい、小郡農学校の教師だ。「大耕」（昭和四十四年十月）に書かれた文章は心ひかれるものがある。

昭和十年秋からの付き合い。其中庵から二百メートルほど町に近い場所に住んでいた。山頭火は町に出るたびによく河内山家に寄って一杯飲んで帰り、河内山もやかんに酒を入れて其中庵に持って行ったという。酒には目がない山頭火は山羊ひげをなでながら、歯ぐきだけの口で笑い、えびす顔になった。二人で飲んで興にのって町へ飲みに出かけ、そのいでたちは弥次喜多のようであったという。

「其中庵は山頭火にとってまことに安住のよいところであった」と書いている。「日常山頭火は本当のよい自分の俳句をつくりあげることを念願とし、生命をかけていた」とも。「純情で、けっぺきで常に反省の生活」であった。句作は推敲を重ね、日に十句位つくって、そのうち一句あまりを残した。一字一句ないがしろにせず、河内山家にときどき来て動植物の図鑑をみて草木や小鳥などの名前を調べていた。

元来、几帳面で机は畳の目と並行に、机の上の用紙や鉛筆は机と平行に置いていた。酔うとこれがどこを向くやら分からない状態となった。「山頭火はまことに酒が好きで、飲むでなく、たべるであったが、なんといっても本領は句作であり、そして酒以上に水のうまさを知っていた」。

河内山によれば、「山頭火の人生、人となりは、その俳句をみればよく分る」という。そして、「純真な山頭火は度のひどい近眼のせいもあってか、わき目もふらず真直に歩いていた」。

健から助けられる

昭和十二年、盧溝橋事件をきっかけに日中戦争が始まり、乞食坊主として街中を托鉢してまわることは許されない空気が漂いだす。九月十一日、国森樹明の口ききで山頭火は下関市竹崎町の木材問屋に就職した。そこは樹明が若いころ、勤めていたところのようだ。緑平に樹明との寄せ書きで葉書をだしている。

「万事急転直下、私は山から街へ下りました、もう少し落ちついてから詳しい手紙をさし上げます、人間の一生といふもの、生きつゞけてゆくことはまことにむつかしいものですね、万事他へは暫く秘々密々に、句集は近く送ります　山生

翁と一緒に来ました、山の生活から市井のくらしになるわけです。このことはあなた以外にもらさずにゐて下さい、詳細、後報いたします　樹生」

仕事は、材木受け渡し現場に出て、数量を記録することであったが、菜っ葉服にゴム長靴のいでたちで小舟に乗って海上を往復する。足場の悪いところで、最初から無理な話であった。山頭

火は五日目で逃げ出す。そして、健を悲しませることをまたやった。十一月一日から湯田温泉で五日間、あちこちはしごし、無銭遊興で山口警察署に四泊五日留め置かれた。検事局にまわされ、飲食代の支払いを誓約し、ひとまず解放された。十四日までに四十五円支払わなければならない。緑平や大山澄太にも懇願の手紙を出したが、十五日、健から電報為替が届き、助かった。

山頭火は典型的なアルコール依存症である。飲ませてはいけない。いったん飲み出すと止まらなくなる。体にしみ込んだ酒が生き物のように酒を求める。アルコール依存症の対処法はただひとつ、アルコールを体内に入れないことである。

筆者は最近、熊本市在住の尾形牛馬氏に会う機会があった。尾形氏は私立高校教師の終わりのころに「立派な依存症」になってしまう。二度入院し、断酒に成功する。若いころから小説を書いていて、「酒のかなたへ」という短編小説で平成二十八年度の九州芸術祭文学賞に輝いた。その受賞式に筆者も招待されたわけだが、なぜ、酒を飲むのか、それは自分を大きく見せたいためもあったという。後輩らと酒を飲むことで、自分を大きく見せ、彼らを支配したいという気持もひそんでいた、と説明され、なるほどと思った。山頭火もそういうところが確かにある。

酒が命となり、酒と命が同格となり、酒を断てといわれることは命を断てといわれているようなものだったとも言われた。尾形氏は早稲田大学の英文科を出ており、山頭火の後輩にも当たるわけだが、離婚した妻のもとに帰り、小説を再び書き始めた。健康そのものだった妻が悪性のがんに冒され、自宅介護に尽くし、妻との愛の再生が成就したところで逝かれてしまわれたという。

遺骨が街に流れ込む

昭和十三年七月四日、健に長女が誕生する。

七月十四日、大山澄太への手紙。

「日にまし戦時色が濃厚になつて、私のやうなものは日々の生活にも困りますけど（中商工業者はひどいでせうね）、私としては我まゝはいへません、何事にも忍従して余命を保つ外ありません。十一日、山口駅で遺骨を迎へました、二百数十柱の帰郷、あゝ哀しい場面でありました。

　ぽとりぽとりと流るる汗が白い函に

妙な事があるもので、先日、愛國婦人会の本部から来状、此度、白木屋の楼上で、傷病将士慰安展覧会を開催するから、そして品物は売却して、その代金を寄附するから、彩筆報國の意味で、半切なり色紙なり短冊なり寄贈してくれとの事、私は早速喜んで、半切弐枚短冊弐枚を寄贈いたしました」

十月十四日、健は日鉄を退職し、満炭に入社、密山炭鉱勤務となる。

その年の秋、横光利一は戦火が広がっている中国大陸を見ようと福岡から飛行機で飛び立つ前、阿蘇の火口を見ておこうとやって来る。「熊本に着いた日には、数百人の遺骨が一時に街へ流れこんで来た日であつた。私の宿の部屋の前の家も遺骨を迎えた家と見え、白い幟が立つてゐた。宿の多くの部屋も、遺骨を迎へ宿泊人で詰まつてゐた」

阿蘇に登った日は菊日和だった。「外輪から内輪へかけての高原の美観はチロルの美しさと争ふに足りる所だ」と欧州を旅したことのある横光は賛美する。「外国人が日本に来て、日本には何もない。無があるだけといふのは、いひ換へれば精神の美しさと自然だけがあるといふ逆説にもならう」と書いている。

十八景　ひよいと四国へ晴れきつてゐる

——風来居、そして四国巡礼

日記は自画像である

其中庵も六年も経つと屋根も破れ、壁も崩れ、雨漏りがひどくなった。もともと廃屋に手を入れたもので、もう手の入れようもなくなった。

　　壁がくづれてそこから蔓草

山頭火は其中庵から十二キロの道を歩いてきて、山口市内を行乞し、湯田温泉に一浴して食堂で酒を飲み、木賃宿の杉の屋に泊まることがあった。その温泉町には詩誌「詩國」に集う若い詩人らがいて、昭和十三年七月十六日、『山口詩選』出版茶話会にも出席した。

十一月二十八日、湯田前町（現山口市）の借家一間に移り、「風来居」と名付ける。リヤカーに荷物をのせて運んでくれたのは詩誌「詩國」の若い詩人らであった。なぜ、彼は其中庵を捨てたのか。六年も住んでいると、どんなにいい人間関係でも澱のようなものがたまってきて、疎ましく感じることも出てくる。湯田での年少の文学仲間和田健はそう指摘している。小郡農学校に酔っぱらって入って行って、樹明から叱責されたことがあったという。それは山頭火にとってショックだったかもしれないが、樹明にも立場がある。人間関係での澱ではなく、山頭火は次のステージを求めていたのでは。

山頭火にとって日記は作品である。

「其中日記は山頭火が山頭火によびかける言葉である。日記は自画像である。描かれた日記が自画像で、書かれた自画像が日記である。最初の文字から、最後の文字まで、肉のペンに血のインクをふくらませて、認められなくてはならない。そこに芸術的価値が十分ある」

「行乞記」に始まり、途中、「三八九日記」をはさみながら、「其中日記」と文学作品としての日記を書き続けてきたが、少し憂いものを覚えたのか、マンネリを感じたのか、あるいは余命がそれほど残っていないのを強く意識し、「最終章」を書く場を求めたのか。

茶色い戦争がありました

湯田温泉街の一角に中原中也の実家があった。中也は一年前の十月二十二日、鎌倉において三十歳で亡くなっており、中也の美しい未亡人孝子が母のフクと暮らしていた。山頭火は一緒に写真に収まっている。撮影したのは中原家の前で小間物屋をしていた林かほる。のちに山口市の広報課長となった。中也の弟、吾郎（医者を継ぐ）も詩を書いていて、仲間だった。山頭火が「昨日の昼から御飯がなくて食べていない」と部屋のなかでじっと動かずにいるのを見て、母のフクにむすびを作ってもらい、持ってきたこともあった。山頭火も一緒にあちこち飲み歩き、沈没するのは中原家であった。（和田健著『山頭火よもやま話』）

幾時代かがありまして
茶色い戦争がありました
幾時代かがありまして
冬は疾風吹きました

……

中也の「サーカス」は『山羊の歌』に収まっている。昭和十年末に刊行、中也が生きているうちに手にしたただ一冊の自選詩集である。「大正十二年より昭和八年十月迄毎日々々歩き通す。読書は夜中、朝寝で正午頃起きてそれより夜の十二時頃迄歩くなり」と「詩的履歴書」にこれらの初期の詩の誕生について記している。十年間、中也が歩き通した場所は京都、東京、横浜といった都会であったが、それらの詩には季節や自然があふれている。歩き続けながら、詩想を得るというところは山頭火と同じだ。

十二月十四日、健が満州赴任の挨拶に来る。その日の日記から。

「まつたく日本晴、蠅も出て来て好日を楽しんでゐる。

読書と散歩、――この弍《ふた》つが私のほんたうの好物だ。

どうやら平常の自分に立ちかへることが出来たらしい。日あたりがよくてあた、かすぎる、まぶしいほど

午後、だしぬけに健来訪、或は最後の会合かも知れない。

Y食堂で食事を共にして別れる、行けく、やれく。

私は私として私の仕事を成し遂げるよ」

伊那の井月の墓参に

山頭火は昭和十四年三月、また旅に出る。向かったのは信州の伊那である。そこには明治二十年に亡くなった井上井月という漂泊の俳諧師が眠っている。井月は越後長岡藩の下級武士だったともいう。嘉永五年（一八五二）、飄然《ひょうぜん》とその地にやって来て、乞食井月と呼ばれた。山頭火はこの俳諧師に惹《ひ》かれ、五年前も伊那をめざしたが、残雪のなか、往生し、飯田にたどり着いたと

ころで急性肺炎となり、引き返している。

出立の前に山頭火は書いている。「私は遂に無能無才、身心共にやりきれなくなつた、どうでもかうでも旅にでも出て局面を打開しなければならない、行詰つまつた境地から真実は生れない、……窮余の一策として俳諧の一筋をたよりに俳諧乞食旅行に踏み出そう！」。広島の宇品から海路大阪へ。京都を経て名古屋から知多半島、渥美半島をまわり、渥美町福江の潮音寺にある芭蕉の弟子の杜国《とこく》の墓を詣でて、伊良湖岬まで足をのばした。豊橋、豊川を経て鳳来寺山を参拝。浜松に出て、天龍川をさかのぼり、伊那に向かった。

五月三日に伊那に着き、女学校にそこの教師をしている「層雲」同人の前田若水を訪ねた。同道してバスで向かい、井月の墓に参詣した。行き倒れになっていた井月を引き取った上伊那郡美すず村の塩原梅関が小さな自然石の碑を建て、井月の句「降るとまでは人には見せて花曇」を刻ませたものだった。

墓参をすますと、若水に連れられ、高遠城跡に登る。ほぼ満月に近い月が昇っていた。

お墓したしくお酒をそゝぐ

なるほど信濃の月が出てゐる

湯田の風来居に帰って来たのは五月十六日。

風来居をあとにして

九月二十九日、四国に渡るため、山頭火は風来居をあとにしている。その前にサキノから送金があり、借金を支払いつつ、湯田の詩友、酒友に心中ひそかに暇乞いして回っている。結局、尻を拭ってくれたのはサキノであった。

風来居にいたのはわずか十か月に過ぎない。四国へとステージを登るための踊り場であった。山頭火は四国巡礼をしたあと、松山に終《つい》の棲家《すみか》を求めるつもりであった。すでに大山澄太が松山の俳人高橋一洵に橋渡しをしてくれていた。一洵は本名誠、松山高商の政治学の教授だが、大山は斎藤清衛を通じて知ったらしい。半年前、松山市で広島逓信局主催の女子局員を対象とする「精神修養講習会」を開いた。そのときの講師に頼み、地元の責任者である松山郵便局の藤岡政一と三人で打ち上げをした。その席で大山が山頭火のことを話題に出し、「松山に来たがっている」と話したら、高橋が「寄こしなさい」と言ってくれたという。

四国に渡る前、山頭火は大山の家に二泊するが、「澄太君、わしはのんだ、笠ももりだしたが屋根ももりだした。畳も破れたが、馬鹿酒を呑みすぎたためか、心臓も破れたらしい。もう余命幾許もないような気がする、まあ、あと一年だね」と語ったという。

そこで大山は知り合いの医者のもとに連れて行くと、医者は診察もしないまま、息づかいから推測して、「心臓が破れていますね、酒の業です。でも自分を偽らず、好きな句を作り、好きな人と交わって、もういつ死んでもいいでしょう」と言ったという。

村上護は「果して、医者がそういう乱暴な発言をするとは思えないが」と否定的だが。

慈母観音

十月一日早朝、山頭火は出立を前に荷物の整理を始めた。すると白布に包んだものを畳に落とした。それは亡き母の位牌であった。その位牌は其中庵でも大山は見ている。一緒に木彫りの小さな観音像も祀られていた。山頭火はこんな句を残している。

うどん供へて、母よ、わたくしもいたゞきまする

ただ「山頭火は母の成仏のために出家までして、生涯漂泊の旅をつづけ、好んで各地のお寺に詣でているのも、母のためであった」という大山の考えには同意しかねる。

山頭火はなによりも文学者であった。自然という大きなステージで作品を描こうとした。そのための旅である。何度も繰り返すが、山頭火は旅を続けることで自分の句をつかみとろうとしていたのだ。山頭火にとって歩くことが文学であり、文学とは生きることであった。生きている自分のために歩いているのだ。山頭火はいつから母の位牌を持ち歩いていたのか。川棚温泉に庵を

結ぼうとしてサキノに布団や本や何やかや送らせているが、その中に位牌は盃などと一緒に放り込まれていたのではないか。それまでは持ち歩いていなかったのでは。山頭火は、「父と子との間は山と山に重なつているようなもの」であり、「母と子との間は水がにじむやうなものだろう」と日記に書いている。山頭火は行乞漂泊の旅を続けているうちにじわじわと母への愛がにじみでてきて、母への不憫さが愛しさに変わり、愛情が募り、「慈母観音」と一体化していったのではと筆者は考えるのだが。

正直にいえば、観音信仰というのが筆者にはよく理解できていない。仏教の解説書や大山澄太著『観音経の話』を読んではみたが。大山の『観音経の話』で面白かったのは、彼の母方の家は日蓮宗で、母の父母も、母の兄も白装束で関東、佐渡、甲斐、熊本など日蓮上人の親跡巡拝の行脚をしているということだ。大山にとって日蓮宗も浄土真宗も禅宗、あるいは神道も宗教心としてはあまり変わらないようである。お地蔵さまと同様、観音さんも庶民信仰として広く普及し、ある面、土俗化している。もともと日本の仏教は、日本人の祖霊信仰の上にふんわりとのっている。祖霊信仰とは、一種のアニミズムでもあり、生きとし生けるものにはすべてに命が宿っていると考える。観音さまはやさしく、どこか母性を帯びているように感じられる。カトリックにおけるマリアさまであり、聖母信仰に通じるものがある。地母神である。

山頭火が出家得度した曹洞宗の報恩寺は、千体仏の名で知られている。本堂のひな壇には、手のひらにのるほどの観音像がずらりと奉納されており、それが千体に及ぶという。観音像の台座にはそれぞれ故人の名が記されている。山頭火の母の場合だったら、「種田フサ観音」である。大山が其中庵で見た観音像もそれと似たものであろう。木彫の既製品だ。報恩寺ではまとめて仏具屋から届けさせた。それをありがたくいただき、奉納するのである。

山頭火が堂守したのも観音堂であった。

日記を読むと、山頭火は父への追善も怠ることがなかった。

　だんだん似てくる癖の、父はもうゐない

四国に渡る

　ひよいと四国へ晴れきつてゐる
　秋晴れの島をばらまいておだやかな

十月一日、山頭火は広島の宇品港から船に乗り、高浜港に着くと、電車で松山市内に入り、昭和町の高橋一洵の自宅を訪ねている。松山高商の教授だ。初対面だが、挨拶もそこそこに歓談となり、山頭火が野村朱鱗洞の墓参をすましたいと言いだした。二十四歳で夭折した「層雲」同人である。山頭火より十歳ほど若かったが、俳壇でのデビューは朱鱗洞が二年ほど早かった。

一洵に伴われ、朱鱗洞の眠っているという石手寺の地蔵院に向かった。藤岡政一も追いかけて来て、一緒に墓地をさがしたが、見つからず、路傍の小さな墓をそれと見立てて、焼香し、読経したという。高橋の家に二泊し、三日の夜からは道後南の藤岡の家にやっかいになる。藤岡は松山郵便局に勤め、この二人が松山時代の山頭火の身元保証人という存在に。藤岡が八方手を尽くし、朱鱗洞の墓は松山市小坂町の多聞院という小さな寺の共同墓地にあることが分かった。五日夜、一洵の家にいた山頭火に知らせに行ったら、もう夜の十時というのに山頭火は「すぐに墓参に行き、そのまま遍路の旅に出ます」と言う。暗闇のなか、墓石が乱立しており、マッチの火でようやく野村家の墓を見つけ、線香を供えて三人で般若心経を唱えた。山頭火は墓石を掌でごしごしこすった。泣いているようだった。松山駅に行き、待合室のベンチに三人横たわり、山頭火は予讃線の一番汽車に乗り遍路の旅に出た。

「白川及新市街」同人だった駒田華村が戦後、俳誌「東火」に寄稿した文章によれば、朱鱗洞は熊本に山頭火が来る前、訪ねて来ており、菓村居での句会に加わったという。

遍路では木村無相と小松町の四国霊場第六十一番札所香園寺で落ち合い、一週間ほど滞在している。住職の妻河村みゆきが「層雲」同人だったためだ。無相は熊本県人で、のちに「念仏詩人」といわれた。幼いとき、両親と満州に渡った。そこでの暮らしが嫌になり、十四歳で平壌に行き、十七歳で日本に帰り、二十五歳から二十九歳までフイリピンの農園で働いた。一灯園にもいた。山頭火は無相のことが気になって仕方なく、夜中に揺り起こし、「流浪はいけない、流浪はやめなさい」と泣かんばかりに頼んだという。無相は真言宗と真宗の間を三度往復したそうだ。東本願寺同朋会館の門衛となった。

一洵が松山高商の仏教青年会の学生を連れて山頭火を追いかけて来た。十月十四日、山頭火と高橋は連れだって香園寺を出発している。途中まで同行する一洵も山頭火を真似て托鉢して歩いた。西条ではそこの高等女学校長に頼まれ、一洵は女生徒たちに講演した。山頭火もぜひ話してくれと言われ、無理に壇上に押し上げられた。山頭火は困り果て、「これが山頭火です」とただ一言いって、壇を駆け下りたという。女生徒たちは大笑い。地元紙の海南新聞（愛媛新聞の前身）が二日にわたり山頭火が松山に来たことを大きく取り上げており、〝話題の主〟であったのだろう。

一洵とは第六十六番札所の雲辺寺で別れた。そこは標高九百メートルの山にある。

上へ下へ別れ去る坂のけはしい紅葉

ひとり讃岐路に下っていった山頭火は金毘羅宮に詣で、札所をめぐりながら、高松に来た。二度目の小豆島に渡り、放哉の墓に詣でた。高松に引き返し、屋島に立ち寄った。平家滅亡の舞台だ。これからめぐる徳島、高知には句友が一人もいない。そういうなかでの遍路旅であり、覚悟もいる。日記に「寒い地方の人がまろい、いひかへると、温かい地方の人間は人柄がよくない。お修行しても寒いところの方がよく貰へると在る修行遍路さんが話した、一面の道理があるやうだ」。

ときには泊めてくれる宿がなくて、あるときは、泊まる宿銭がなくて野宿した。とはいえ、「四国遍路日記」は読んでいて楽しい。なんともいえないユーモアがある。

犬二題

□四国の犬で遍路に吠えたてるとは認識不足だ、犬の敵性。
□昨日は犬に咬みつかれて考へさせられ、今日は犬になつかれて困つた、どちらも似たやうな茶色の小犬だつたが。
□〝しぐるるや犬と向き合つてゐる〟

十九景　ぷすりと音たてて虫は焼け死んだ

——一草庵でころり往生

ぼくは社会のいぼです

十一月二十一日、松山にたどり着く。汽車にて立花駅に下車、藤岡政一の家にとびこんだのは六時ころ、ほっとする。「ほろ酔きげんで道後温泉にひたる、理髪したので一層のう〳〵する。緑平老のおせつたいで、坊ちゃんといふおでんやで高等学校の学生さんを相手に酔ひつぶれた！」。それでも藤岡居に帰りつき、夫人に迷惑をかけた。六日間、藤岡居に置いてもらったが、遍路となって道後へ、方々の宿で断られ、やっと「ちくぜんや」に落ち着く。「洗濯、裁縫、執筆、読書、いそがしい〳〵」

一洵は戦死した義弟の遺骨を台湾に引き取りに行き、留守。山頭火は「ちくぜんや」に滞在し、近郊を行乞。三十日、松山高商に訪ねて行き、ひさびさに会えた。夜、一洵は宿に来て、宿銭を保証してくれ、小遣いまで与えた。

一洵のところにいたら、記者が訪ねてきて、「あなたのような非生産的な人がふえたら社会は困りますね」と言った。戦時色が濃くなり、お国のために尽くすことが強いられていた。山頭火は歯のない口をあけて笑いながら、「ぼくは社会のいぼです。小さないぼなら邪魔にならないでしょう。時には愛敬も添える。そのいぼと思ってかんにんしてください」と答えたという。

一洵は藤岡らと山頭火のために、あちこち草庵を探してまわり、御幸寺の境内に、よさそうな空き家を見つけた。引っ越しは十二月十五日。

「一洵君におんぶされて（もとより肉身のことではない）道後の宿より御幸山の新居に移る、新居は高台にありて閑静、山もよく砂も浄く水もうまく、人もわるくないらしい、老漂泊者の私には分に過ぎたる栖《すみか》である。よすぎるけれど、すなほに入れていたゞく、松山の風来居は山口のそれよりもうつくしく、そしてあたたかである」と句集『一人一草』の「まえがき」に記している。

六畳と四畳半、台所と便所が付いている。東隣は護国神社、西隣は古刹龍泰寺である。「一草庵」と名付けたのは大山という。

福島次郎が見たサキノ

そのころの熊本の街は―。

安永蕗子は自伝『風のメモリイ』に女子師範専門科生だった当時をこう書いている。

「学校では気配もない戦争の足音が、本屋の店先には地響きを立てるように迫っていた。昭和十三年、『改造』に火野葦平の『麦と兵隊』が載った。作家たちは皆戦地へ従軍していた。店でよく売れる田河水泡『のらくら』漫画は上等兵から曹長に出世していた。戦時色は日に日に濃くなっていた。

それなのに、ディアナ・ダービンの『オーケストラの少女』やジャック・フェデエ監督の『ミモザ館』や『外人部隊』が新市街周辺に大きな看板を出して、まだ、アメリカやヨーロッパの戦火は遠い日々であった。父兄同伴ならば許される映画館で、母と私はコリンヌ・リュシェールの『格子なき牢獄』を見た。それはやがてやって来る第二次世界大戦への序章であったけれど」

フランス映画「格子なき牢獄」が日本で公開されたのは昭和十四年十二月だが、慶徳小の小学生、福島次郎はそのポスターに魅入られた。新スターのコリンヌ・リュシェールが鉄格子を両手で握り、愁い深い顔でこちらを見ている。福島は普通の子と違い、戦争ごっこなどを好まなかった。異国の少女の目のおびえと自分の不安がマッチしているように思えた。映画にも連れて行ってもらい、ブロマイドが欲しくなり、「雅楽多」に出かけた。リュシェールと発音ができず、リュウと切り、一息してシェールと言ったら、店のおばさんは口に手をあて、さもおかしそうに笑った。「フランス人だからリュシェールと続けるの」。いつも束髪で、小柄な体に地味な着物を着て、白い割烹着でいるおばさんが巧みに発音したのに驚いた。ブロマイドは入荷しており、すぐに出してくれた。その時の体験を福島は熊日夕刊に連載した長編小説「いつまで草」に登場させている。

そのおばさんが山頭火の妻、サキノと知ったのはずっとのちのことだ。

福島次郎は二度芥川賞候補になり、『剣と寒紅　三島由紀夫』は発禁本となった。

ありのままの人生

昭和十五年一月、熊本は寒い日が続き、雪も舞った。

熊本城の一角にある熊本陸軍病院藤崎台分院に入院していた高木誠治のもとに看護師が老齢の男を伴ってきた。「この方は下通の額縁屋『雅楽多』のご主人。どなたか文章を書いている人はいないか、と聞かれ、ご案内した」と言った。

商人でありながら、墨染の衣をまとい、無精ひげを生やし、眼鏡の奥で笑っている目がやさしい。乞われるまま、書きかけの原稿を見せたら、「うん、これはよく出来ている」とほめてくれた。高木は写真が趣味でベッドの下でフィルムの現像をしていた。写真を整理しようと思っていたところで、アルバムを頼んだ。

二、三日後、店員に荷物を担がせ、やって来た。書き進んだ原稿を見せると、「どこの大学に行かれたか」と聞かれた。大学どころか、父親が早く亡くなり、高等小学校を出て、家で印刷屋を始めた。文章に親しんだのはそのためだ。講義録で勉強した。兵役に取られ、中国の戦地で負傷した。話を聞き終わったその老人は「嘘のない人生、ありのままの人生、その時その時を大切に、一生懸命努力して、生きていきなさい。君はきっと幸せになれる」と励ましてくれたという。

高木は傷痍軍人のための準訓導養成所に学び、戦後、小学校の教師となった。

山頭火ブームが起こり、「あれは山頭火ではなかったのか」とふと思った。残念なことに山頭火の生の姿を写真に収めることはなかったが、手元には「雅楽多」のシールが張られたアルバムが四冊残っていた。高木は私家版『ありのままの人生　私の昭和史』に「私は山頭火の教えのままに生きてきた」と書いている。

高木が会ったという山頭火は、ほんとうに山頭火であったのか。

昭和十五年、山頭火は元日を松山の一草庵で迎えているが、年末から日記を付けるのをしばらく怠っていたのか、「一草庵日記」には欠落している。六日、東京の斎藤清衛に出した葉書が残っていて、それには「明七日早朝出立、山口の旧居をかたづけ、九州の緑平老に逢ってきます」とある。しかし、実際には高浜から船で門司に向かっている。田川郡赤地町に転居していた緑平のもとを訪ねたのは三日後の十日である。つまり三日間の空白がある。では、山頭火はどこに行っていたのか。門司から汽車で熊本に向かい、サキノのいる「雅楽多」に行っていたのでは。少し小遣いを稼ごうと藤崎台の陸軍病院分院に外商に出かけたと考えれば、高木の記憶とつながる。アルバムの行商人としてどこか如才ないところもむしろ山頭火を思わせる。

このとき、緑平や近木黎々火らを訪ねた山頭火は山口の「風来居」を片付け、広島の大山澄太のもとで一代句集『草木塔』の編集、発行について話し合っている。出版社に顔のきく斎藤に頼むことになり、山頭火が手紙を出すと、すぐに返事が来て、八雲書林から刊行することが決まった。幾夜か徹夜で句稿を整理し、二月二十一日、速達で出版社に送っている。扉には「若うして死をいそぎたまへる／母上の霊前に／本書を供へまつる」と記している。

四月末には発売され、山頭火は句友らに贈呈するために広島から徳山、山口、小郡をまわり、北九州の八幡、そして田川郡赤池町の緑平の家に和服下駄ばきで現れている。若松から船で帰庵したのは六月三日。熊本までは足を延さなかったのだろうか。

武蔵と自らを重ねる

山頭火のもとに映画の招待券を届ける句友がいたらしく、昭和十五年二月二十九日の日記にこうある。「昨年度の映画の中でベストワンといはれる〝土〟の入場券を貰つてゐたけれど、たうたう—行かず仕舞になつた。衰へたるかな山頭火、いつまでも青年性を失はないであれ、老いても老いぼれたくはない。若い老人のよさを保持させよ」

「土」の原作者長塚節《たかし》は正岡子規の弟子だ。弟のように子規から愛された。山頭火と同じ地主階級だが、神経衰弱で中学を退学している。炭焼きの改良や竹林の栽培に取り組み、青年会会長も務めた。農民の暮らしを息苦しいまでに描いたこの原作を内田吐夢が三年がかりで映画化した。二時間二十分の労作で、おそらく山頭火は原作を読んでいて、体力的に耐えられないと思ったのだろう。長塚節は大正四年二月、三十七歳の若さで亡くなった。山頭火が熊本に流れて来る一年前である。

ところが、吉川英治原作、稲垣浩監督、片岡千恵蔵主演の『宮本武蔵』は見ている。武蔵は熊本とも縁が深いためもあったろうが、娯楽時代劇だ。八月六日の日記。

「心身沈鬱、それを引き立てるべく丁度映画宮本武蔵の招待券を貰つたので出かける、しんみり鑑賞していろいろ考へさせられた、——剣心一路の道はまた私自身の道ではないか、恥ぢる恥ぢる、私には意力がない、ああ意力がない。

――文は人なり――句と魂なり――魂を磨かないで、どうして句が光ろう、句のかがやき――それは魂のかがやき、人の光りである」

剣と俳句とこそ違え、すっかり山頭火は武蔵になった気分で、なんとなくはためにも微笑ましい。しかし、それはひとり山頭火ばかりではなく、緊迫した情勢（翌年十二月八日、太平洋戦争が開戦）を前に多くの国民が武蔵になったつもりで、「魂を磨かねば」と思ったようである。山頭火の口から「俳諧報国」という言葉も出てくる。

この言葉はいかにも仰々しく響くが、俳諧でもって戦意を高揚するような意図などもうとうなかっただろう。山頭火にとって生きるということは、俳句を作るということである。彼は嘘のない、自分に正直な俳句を作ろうと思っていたのではないか。それが山頭火にとってのお国への奉公だと考えていたのではなかったのか。

正岡子規を生み、高浜虚子、河東碧梧桐が続き、松山はまさに「俳句王国」だが、稲垣浩（小学校しか出ていない）の盟友伊丹万作、伊藤大輔は松山中学の同窓で、中村草田男らと回覧雑誌「楽天」を発行、俳句も作った。映画と俳句は相性がいいのである。

山頭火は一洵の家にしばしば現れた。

十月八日の夕、一洵が家に帰ったら、山頭火が座敷でほろほろ酔っていた。目を覚まし、「お帰りか、あんたに話をしておかんと落ちつけない」と話しだした。夜更けに一草庵に帰る途中、白い犬がついてきた。玄関で「ありがとう、さよなら」と頭をなでてやろうとしたら、大きな餅をくわえていた。ありがたく頂戴し、雑煮にして食べた。「長らく乞食はやったが、犬から供養を受けたのは初めてじゃ」とからから笑った。

そして九日夜七時ころ、玄関に立っていた。「あんたに言い忘れたことがあるのでまたやって来た」と言った。「わしはもう一度遍路の旅に出ようと思う。すっぽりと自然に出て、しっとりと落ちついた心になりたいんだ」

「それはいい。あんたやっぱり旅の人だかろのう」

「のんた、わしも長くはないぜ。殊に近ごろ、身体が変調だ」と言い、「動物というものは雀でも象でも生きた仲間に自分の死骸を見せんもんじゃ。わしもそうありたい。がせめてそれが駄目なら焼かるる虫の如くにおいかんばしく逝きたい――のだが、やっぱり野たれ死にか」そう寂しく笑って、一洵の句帖に書きつけた。

　ぷすりと音たてて虫は焼け死んだ
打つより終る虫の命のもろい風

焼かれ死ぬ虫のにほひのかんばしく

ころり往生

昭和十五年十月十日夜、「一草庵」で高橋一洵らが句会を催すため、集まった。山頭火は隣の部屋で床をとって寝ていた。そのまま寝かせておいて、句会を開いた。終わったのは十一時で、起こすのは無粋のようでそのまま帰ったが、一洵は虫が知らせたのか、未明の二時過ぎに一草庵に出かけたら、容態が急変しており、医者が駆け付けたときには呼吸はなかった。脳溢血と診断された。享年五十八歳、山頭火のいうところのころり往生だった。（高橋正治編『山頭火・終焉の松山』）

その訃報に接し、緑平は詠んだ。「驚いて見る白い雲の消ゆる」。はからずも山頭火の遺句「もりもりもりあがる雲へ歩む」と対句となった。

満州から健が十五日、松山に駆け付け、十六日に本葬が執行された。防府の親族や広島の大山らに挨拶と納骨のため、遺骨を抱いた健の乗った汽車と茂森唯士の乗った汽車とが山口県のどこかですれ違ったらしい、と茂森は書いている。茂森は民間人であったが、駐ソ大使に任命された建川美次陸軍中尉の秘書官として伴われ、シベリア経由でモスクワに向かうため、下関へと急いでいた。

茂森はのちに産経の論説委員となった。

山頭火はごく平凡な日本人だと筆者は思う。山頭火もそうあろうとしている。

山頭火の「ぐうたら手記」からいくつか言葉をあげよう。

「底光り。人間は、作品は、底光りするやうにならなければ駄目だ。拭きこまれたる板座の光、その光を見よ」

「平凡な光。凡山凡水、凡人、凡境、それでよろしい」

「あかるい、あたゝかい日ざし、それを浴びて味ふてゐるだけでも、生きてゐることの幸福を感じる」

「雑草の心、それを私はうたひたい」

二十景　茶の花ひっそりと残されし人の足音　――サキノのその後

澄太

熊本の秋

昭和二十年七月一日深夜から翌未明の熊本大空襲で熊本市の中心部は一面の焼け野原となった。下通町のサキノも焼け出され、郊外の健の妻の実家にいっとき身を寄せていたという。筆者は平成三年、横手町の曹洞宗安国寺に取材に行き、住職から「サキノさんはしばらくここのお寺に部屋を借りておられましたよ」と聞いた。そういう縁で、安国寺の墓地の一角を買い、種田家の墓を建てられたのだな、と理解していた。山頭火の本が出る度にサキノはそれを抱いていそいそと安国寺に訪ねて来て、墓前に報告されていたとも。しかし、墓を建てたのは子息の健だそうだ。

敗戦後、サキノは上通商店街の一角でもある上林町で「雅楽多」を再開するかたわら、任天堂のトランプと花札を文房具店などに卸して歩いていたという。洗馬橋際の文林堂の丹辺孝子さんによれば、和服姿で風呂敷に包んで訪ねて来て、京人形のような丸顔で美しい女性であった。

「雅楽多」の跡は大洋デパートの一角となり、昭和四十八年の大火災後、城屋、ダイエー下通店と変遷し、いまは流行の先端をいくファッションビルの一角となっている。

大山澄太の『山頭火の道』に「熊本の秋」という文章が収められている。

昭和二十六年（同著には二十四年とあるが、大山の誤記）十一月九日、大山が熊本駅に着くと熊本短大教授丸山学とサキノが待っていた。丸山は済々黌以来、蓮田の親友であった。熊本中学（現熊本高校）で木下順二に英語を教えている。広島文理大に進み、母校の広島高師の教授となるが、蓮田を通じて大山とも知り合った。山頭火の調査に来た大山の世話を丸山が買って出たのは、マレー半島で自死した蓮田に代わって自分がやらなければ、という責務を感じてのことだったろう。丸山は黒髪町の自宅に大山を泊めた。庭で飼っている鶏が産んだ卵を朝の食卓に出した。サキノは大江の知人宅の一間を借りて一人住まいをしていた。

サキノに大山が会うのは昭和十七年三月、下通の「雅楽多」を訪ね、山頭火の遺稿集『愚を守る』を届けに来て以来のことだった。その新刊を渡されたサキノは、口絵のあの網代笠をかぶり、度の強い眼鏡をはめた禅僧姿の写真を見て、「ああ」と声をあげて眼をうるませた。「山頭火はあれからあなたがたに随分ご迷惑をおかけしたでしょう」と言いつつ本を閉じ、拝むように受け取った。戦時下であったが、大山にコーヒーを出している。

満州の密山炭鉱で敗戦を迎えた健一家だが、健はシベリアに連れて行かれたものの、無事帰ることが出来た。いまは伊万里の炭鉱に勤め、家族も一緒だ。

十日朝、サキノが大山を迎えに来て、川尻の大慈禅寺に川尻電車で出かけた。そこの住職になっていたのは望月義庵だった。二人で広い境内を探してまわったら、稲掛けの準備をしていた。十町歩の田地を農地解放で取り上げられ、残された一反ほどの田に稲を作り、その稲刈りを住職自らやるというのだった。山頭火の命日の一日前で、望月義庵は「今日は一つ山頭火さんのために本堂でお経をあげますかな」とサキノを顧みた。本堂はひどく荒廃しており、座っているとひゅうひゅうと秋風が通った。茶の花が咲いていて、昨年の実が落ちていた。大山は記念に拾いながら、一句浮かんだ。

茶の花ひつそりと残されし人の足音　　澄太

それはサキノの姿を詠んだものである。サキノに伴われ、米屋町の友枝寥平の店に訪ねて行った。寥平はぜんそくがきつく、休んでいたところを起き上がり、大山の質問に答えるように往時を語った。大山によれば、防府の俳人柳星甫も「山頭火はどうして熊本の方へいったのだろうか」と不思議がっていたという。地橙孫や寥平らが出していた『白川及新市街』が山頭火を熊本に呼び寄せたのだと大山はようやく理解することができた。

その夜は「ぜひうちに泊まるように」と言われ、サキノの仮寓の一間に大山は泊めてもらった。部屋の一隅に机があってその上に蓄音機の箱が開けられ、そのなかに「種田家代々之霊位」と「解脱院釈山頭火耕畝居士」と小さい二つの位牌がまつられていた。耕畝居士の前には盃に酒が供えてあり、一輪挿しには菊の花が供えてあり、りんごが置かれていた。

鴨長明と山頭火

翌日はサキノと植木に出かけた。師井という医院の前でバスを降りると、そこが蓮田善明の妻敏子の実家だった。蓮田は旧制成城高校教授となり、現世田谷区の宇奈根に家を構えたが、大山も内閣情報局満州国郵政総局嘱託となって砧に住むようになり、よく往来した。

蓮田の次男太二が中学三年生になっていて、町裏の家まで案内してくれたが、その後ろ姿を涙なしには見られなかった。戸口には見覚えのある「蓮田善明」の表札が掛かっていた。蓮田の実家の金蓮寺も訪ね、墓にも詣でた。墓地に行く道が蓮田の愛してやまなかった武蔵野とよく似ていた。サキノと敏子と三人で町へ出て、味取観音行きへのバスを待ちながら、大山はこうして二人の夫人と共に、蓮田の墓参、そして山頭火庵住の跡を訪ねるということも考えてみれば、奇しき因縁だと思った。

斎藤清衛編として中等学校用教科書『作文』を蓮田らが編纂したとき、大山の文章を採用してくれ、『地下の水』を出版したときには、台湾台中商業学校に勤務していた蓮田のもとへ原稿を送り、仮名づかいや字句の訂正をしてもらった。

成城高校の教授となった蓮田は昭和十三年、学友の清水文雄らと「文芸文化」を創刊するが、十四年出征する。十五年九月、長沙の渡河作戦で銃創を負い、十二月帰還。十六年一月、阿蘇の垂玉温泉で小説「有心」を書くが、このときの帰郷の際、下通町の「雅楽多」をのぞくことはなかったろうか。成城高校に帰任し、「文芸文化」の四月号から「鴨長明」の連載を始める。なぜ、蓮田が鴨長明に惹かれたのか。長明には妻子がいたことに気づいたためではと筆者も思う。鴨長明が老後に書いた「方丈記」には出離したとき、「もとより妻子なければすてがたきよすがもない」と記しているが、奥書にある歌集の異本には「ものおもふ頃おさなき子を見て」と前書し、「そむくべきうき世にまどふ心かな子を思ふ道は哀なりけり」など十数首あるという。

そのことを蓮田は『鴨長明』の冒頭「青春」で「彼には実際は妻も子もあつたのである」と指摘し、「事の事情は直ちに明瞭でないが長明の心に大変憂愁がこめてゐることが、はつきり分かる」と書いている。

大山は「佐藤咲野さんのこと」という別な文章で、蓮田はよく大山に会うと、「長明と山頭火、一人は歌をよくし一人は俳人。前者は静的、後者は動的と、対照的であるが、どちらも世を捨てた隠者としては共通点があるようですよ」と言っていたという。もしかしたら、蓮田は山頭火のことを思い浮かべながら、『鴨長明』を書き進めていたのかもしれない。そして、妻子を故郷に残し、戦地で過ごす兵士たちの心情も思い重ねていただろう。

のちの話だが、江藤淳が『南洲残影』を書くため、西南戦争の戦場である田原坂公園に訪ねて来ている。江藤はそびえるばかりの戦没記念碑を見たあと、左手の散歩道に行きかけて、ふとそこに蓮田善明の小さな文学碑が建っているのに気づき、足をとめる。刻まれた一首「ふるさとの驛におりたち眺めたる　かの薄紅葉忘らえなくに」は戦場ではるかに故郷を想って歌い上げたものだ。江藤は刻まれたその歌をたどりながら、体内に電気が走ったような衝撃を覚え、西郷の挙兵も、蓮田や三島由紀夫の自裁も、みないくばくかは「ふるさとの驛」の、「かの薄紅葉」のためだったのではないだろうか、と思いをめぐらした。

江藤は山頭火のことまでは思いが及ばなかっただろうが、筆者には、蓮田と山頭火との関係を知るにつけ、二人の世界にもどこか通底しているものがあるように感じられる。国学者であり、「神《かん》ながらの文学」を唱え、二度目の応召で敗戦直後、マレー半島で上官の連隊長を拳銃で殺害し、その拳銃を自らのコメカミに当て、異常な死を遂げた蓮田。そして日本の山河を漂泊し、ときには行き倒れになりそうにもなりながら、多くの俳句を残した山頭火。蓮田は妻を愛し、心優しい父親であったという。山頭火も年若い後輩には実に心優しかったし、長男健のことを忘れることはなく、サキノのこともおそらく…。

なぜ、多くの日本人が山頭火の句になつかしさを覚え、惹かれるのだろう。それは、自然はふるさとであり、ふるさとは自然である、というごく当たり前のことを詠んでいるためではないのか。そして、そこは異国で亡くなった兵士たちが帰るふるさとの山河でもある。

山頭火の文学世界は、保田與重郎や亀井勝一郎らの「日本浪曼派」に近いというか、その先に存在していたように思える。それは伊東静雄や蓮田などについてもいえるのだが、西洋の借り物的な知性を脱ぎ捨て、東洋の仏教や万葉集や芭蕉、一茶といった日本の古典に回帰しているところを考えると、そう思えてくる。

座談会「山頭火の思い出」

大山が熊本を去る日、熊本日日新聞社によって「山頭火の思い出を語る会」が開かれた。

その座談会の内容が十一月十五日付の熊本日日新聞に掲載されている。本書のなかですでに使用している部分と重複するが、資料性もあるかと思われるので、全文紹介する。読みやすくするため最小限の再構成をした。

「漂泊の俳人種田山頭火の熊本時代を語る座談会が彼の句碑の建設者であり、句集伝記の編者である大山澄太氏の来熊を機としてさる日、熊本市公民館で催され、山頭火未亡人佐藤さきのさん（熊本市在住）を始め宮本謙吾、荒木精之、森本忠八、丸山学、吉村光二郎、西本清樹氏ら十数名集り、大山氏を囲んで山頭火の在熊中の思い出話が繰り広げられた。

その中から山頭火の面影をホウフツさせる話の断片を拾いあげて見る。

山頭火は大正四年頃から熊本に来て下通町で雅楽多書房という店を出していた。出家して漂泊の旅に上ったのも熊本からである。（岩下記）」

西本　公会堂で短歌の会があったことがある。当時は俳人も歌会によく出席していた。山頭火は互選の時、自分の歌に票を入れた。自分の歌が一番いいと思ったからにちがいない。その自信に打たれた。

大山　出家した理由が知りたい。

吉村　随分人生の問題に煩悶していた、知り合った当時は句作もやめていた。

さきの　酒を飲んで酔っぱらって公会堂前で電車を停めたことがあった。それを見ていた人が、前の九日社前にいた木庭という人で、この人も大分変った人で子供さんに天偉勲とか地利ケンとかいう名をつけていたような人だったが、その人が連れて千体仏の望月義庵師のところに行った。そこで得度した。

大山　煩悶の原因に、お母さんが山頭火の幼少時に入水自殺したということがあると思う。その命日が三月六日で、山頭火は死ぬるまで、その日は御供物を供えていたことが日記でわかる。托鉢行乞したのもその菩提を弔うという気持だったろうと思う。また尾崎放哉に傾倒していた。放哉が死んだのが大正十四年、山頭火が出家したのが同年。何かの関係があるのじゃないかと思う。

さきの　昭和三年ごろ、「層雲」の句会が阿蘇であった。ほっておくと山頭火は死ぬというようことで荻原井泉水も来て激励のための句会というようなことであった。

大山　それが有名な句会で、句会のあと他の俳人は熊本に帰る。山頭火は行脚僧の姿で後も見ずに外輪山の方に向かって歩き去る。後姿を井泉水がスケッチした。あとでそのスケッチを見て山頭火がつくった句が「うしろすがたのしぐれてゆくか」。

西本　非常に淋しがりやだった。一緒に酒をのんで歩いて帰る。みちみちの話の中から人生の寂しさがにじみ出すようだった。後輩にはとても優しかった。

さきの　いまの「光琳」の松本さんがまだ「三四郎」をやっていた時、山頭火が来ているから一寸来て呉れと電話があったので行くと、山頭火がツケ馬を引っぱって来て、その分も払えという。ウチの分はお払いにならなくてもいいが、余所の店までお払いするわけには行かないという話だった。随分人様に迷惑をおかけしたのだろう、相済まないと、望月義庵さんにいったら山頭火が迷惑をかけた人は、それを迷惑だと思わない人にかけたのだから、心配はいらないとおっしゃった。

宮本　随分一緒に酒をのんだ。あとで山頭火が有名になって、あの山頭火が、同名異人じゃないかと思った。だから短冊とか何とかも一枚も持っていない。先年山頭火の店の雅楽多のあとに行って灰を拾ったが、そこで立小便をしながら山頭火を偲んだ。

西本　立小便なんか好きな人だった。追廻田畑のゲス垣のところで四、五人で立小便をしたことがある。

大山　小郡の山頭火の其中庵に泊ったことがある。朝、彼が、出て来いや、というので出て見ると、庭の草の中にかがんでいる。呆れていると並べや、というので、並んで朝の脱糞をした。便所があっても、小便なんか、どこにでもした。晩年は、コロリ往生したい、好きなものを好きといい、嫌いなものを嫌いといいたい、といっていた。山頭火の最後は、その願いを二つともかなえたような最後であった。

いくらか註を加えれば、詩人吉村光二郎は「三八九」会員。九州新聞の山頭火選「白光句会鈔」に吉村銀二の名で投句していたのは光二郎と思われる。宮本謙吾は若いころ、九州新聞の記者をしており、沢木興道の大徹堂に参禅していた。関東大震災後、金沢を第二の故郷とし、大聖寺町（加賀市）の曹洞宗全昌寺で得度を受け、永平寺で修行。福井新聞に『道元禅師』を連載している。

「三四郎」は上通町にあったおでん屋。主人松本改蔵は五高生らに親しまれ、七高との野球の対抗戦に鹿児島まで遠征していた。「雅楽多」には電話があったのもこの記事からわかる。

また、大山がこの時点で山頭火の母が入水自殺したと語っているのも注意を引く。

大慈禅寺に句碑

昭和二十五年四月から「夕刊くまもと」（熊本日日新聞の姉妹紙）に「新・肥後人國記」が半年にわたって連載された。筆者は豊福一喜。翌二十六年五月、出版されたが、「俳壇の巻」ではほかのどの俳人よりも山頭火について字数を費やしている。大山はおそらくこの本を手にしたであろう。いまでは山頭火のことはだれでもよく知っているが、熊本で最も早く山頭火の全体像を紹介した記事と思っていい。「四国路を放浪中、とある句会に列してのかえるさい、ほとんど行倒れのようにして五十余年の一生をおわったのである。（略）そのおり遺留品として家人にわたされたのは、きたない鉄鉢と数珠と金七銭だけであったという」というような不正確なところもあるが、「山頭火は『白川及新市街』の同人ではなかったが、しかし、その傾向、その精神は地橙孫らと一脈相通ずるものがあり、熊本の句界に清新の空気を注入した。彼はたしかに熊本俳壇の革命児であった」と評価しており、山頭火は親しい友人に向かって、「自分もこのごろ無一物の境地に達することができた。しかし、本来空ということはいかんながらまだわからない」としみじみと述懐していたとも書いている。

昭和二十七年十二月六日、大慈禅寺で山頭火の句碑の除幕式が執り行われた。句碑は伊予の石で、すでに句も刻まれていた。三津港から大分行の便船で送られ、あとは陸路で運ばれて来た。丸山が世話人となって浄財を募った。大山は列席しておらず、友枝寥平も持病の喘息のため、欠席した。式後、サキノは友枝家を訪れ、句碑に用いた「まったく雲がない笠をぬぎ」の半切を置いて行った。サキノはその後もしばしば訪ねて来た。慎ましい声で寥平と世間話をして帰って行っていたという。すっかり土地の人間になりきっていた。

サキノの死

健が炭鉱を辞め、熊本に戻って来てからもサキノはずっと一人暮らしを続けていた。長く商売をやってきており、また大洋百貨店が出来る際、いくらかお金もはいり、それを他人に融通していた。ささやかなもので、「高利貸し」といったまがまがしい言葉は当たらない。「貸した金がとれないがどうしよう、といった相談をよくもってきました。そんな相談はしないでくれ、金貸しをやめたら一緒に住もうと、しょっ中私は言っていたのですが」と健は『山頭火の妻』の著者山田啓代に語っているが、健がまだ炭鉱に勤めていたころ、サキノは熊本の大学に進んだ孫娘を預かり、一緒に暮らしている。決して冷たい祖母ではなかった。

昭和四十三年七月二十七日、サキノがバスにはねられたのは健の家に遊びに来て、帰宅中のことであった。渡鹿のバス停にサキノが走ってきて、動きだしていたバスをとめようとして、はねられたという。

「薄暮のため黒っぽい衣服と小柄なため、運転手が気づかず、前方不確認と考えられる。病院に担ぎ込まれたが、右脚部の出血甚だしく状況悪し、輸血二〇〇〇 ccでどうやら手術完了。その後回復を待って右足骨折の手術を考えたが、高熱のため食欲不振漸次全身衰弱し、医師の決断により右足切断する。一時は小康を保ったが、依然として食事は進まず、全身衰弱。九月二十日死亡、数え年で八十歳」と健は大山澄太に手紙で伝えている。新聞記事には「三カ月の重傷」となっているが、実際はもっと悲惨な事故であった。サキノの家から金を貸したひとの名前をぎっしり書いたメモが出て来た。住所は書かれていなかった。「母の供養だ」と思って健は焼き捨てた。

昭和二十七年十一月、松山の一草庵が復元されたとき、サキノにぜひ一度来てもらいたいと句友たちは熱望し、「いっそ、ここに住んでもらえんかな」と話し合っていたという。

昭和五十五年、熊日の宗教欄に「山頭火を歩く」という連載をした。星永文夫、福島次郎、永田日出男、前山光則、それに筆者によるリレー紀行であったが、健さんから職場に電話がかかってきた。「山頭火には仕送りをしておりました」ということだった。話しているうちに涙声となり、絶句された。

健は昭和六十年、七十五歳で亡くなった。山頭火、サキノ、健も同じ墓のなかに眠っている。

大正・昭和を彩った文芸家たち

結婚前の汀女と宮部寸七翁

一章　汀女が封印した青春とは

中村汀女は五高生のマドンナであったという伝説がある。

ともかく目立つ存在であった。

これは汀女自身が書いていることだが、学校帰りに男の学生から手紙を貰ったという。向こうから歩み寄ったその学生は封筒を差し出したが、受け取るわけにもゆかず、黙って立っていると、襟もとに手紙をさしいれられた。そのまま家に帰りそれが母のていに渡った。「だまって緊張して読んでいる母がなんだか気の毒だった」と汀女は書いている。

たぶん、付け文された場所は江津湖の塘《とも》（堤防）の上であったろう。

四月になると江津湖では五高のボートレースがあり、これが名物だった。江津の村々は菜の花に黄色くおぼろに染まるのである。レースの日をめざし、各部の合宿が周辺の農家を借りてなされた。そうした宿の相談ごとを汀女の母がよく引き受け、汀女が子どものころは家（斎藤家）の座敷が提供されることもよくあったという。

いよいよレースの当日になれば、村中が沸き立つ。舟という舟は見物人を運ぶし、塘も人通りが続く。大人も子どもも「勝て勝て」と小旗をちぎれるように振るのである。

汀女が十八歳のころ、文通をしていた異性がいた。

その話を知ったのは汀女の長男のお嫁さん、中村一枝さんが書いた「中村汀女―水のあるくらし―」という評伝によってだ。

この評伝を生の原稿で筆者は読んだ。熊本県の「草枕文学賞」に応募されてきたのだ。たまたま下読みしたわけだが、惜しくも最終候補には残らなかった。しかし、身内の者にしか知り得ないことがらが新鮮で、汀女と作者との距離感がなんともよかった。

一枝さんは尾崎士郎の長女である。

そのままにしておくのが惜しく、本人の了解のもとに熊本の俳句結社誌「花神」に全文掲載してもらった。それで自分の責任は終えたつもりでいた。

ところが、「あそこに出てくる文通相手の新聞記者の名を教えてほしい」と問うひとがいた。

そういえば、いったいだれなのだろう。

一枝さんの文章によれば、相手の男性は詩人としても才能のあった新聞記者であったが、酒に酔い、誤って二階から転落、不慮の死を遂げた。死因について失恋の痛手による自殺という話さえ流れていたという。

いとも簡単にその人物は分かった。上田沙丹（本名・吉郎）である。

豊福一喜の『新肥後入国記』（昭和二十六年五月発行）に「大正の中ごろ、大正日日新聞の特派員として活躍中上海で客死したが、歳は二十六歳であった。歌人としても、新聞記者としても、いまだ完成せぬ、いわば歌人の卵であり、新聞記者の卵であったが、その豊かな天分と縦横の才気と、灼々たる情熱とは五高時代からすでに世間にみとめられ、颯爽として森都学生界に君臨し、天才児として、また名物男として知られていた」とある。さらに「ある夜宴会から帰って公寓に入りさて寝につこうとしたところ足がよろめいて四階から転落し、夢多き二十六の人生をおわったのである」とも書かれている。

落ちたのは四階ではなく二階からで、病院に担ぎ込まれた。上海に遊びにきていた友人で絵描きの松崎直之が見舞ったときはまだ意識がはっきりして、「ありゃ言うみゃあ……」と幾度もベッドの中から繰り返したという。

「ありゃ言うみゃあ」の「ありゃ」とは汀女への純情一筋のプラトニッククラブで、済々黌や五高の仲間たち（その一人は熊本市長となる石坂繁）はだれもが知っているが、秘した。「実はね……」と中村一枝さんにその話をもらした毎日新聞の元記者高木徳は沙丹の親友だったが、赤ん坊のころから知っている娘が、かつての五高生のマドンナである汀女の息子に嫁ぐという意外性についうれしくなって、口が軽くなったのだろう。

高木は尾崎家から頼まれ、中村家に一枝さんの婚儀のことで挨拶に出かけたら、汀女の夫重喜と大喧嘩して帰ってきた。

「お互い肥後モッコスだからね」と尾崎家では笑い話になったが、重喜にとっては昔のことが思い出され、あまり愉快ではなかったのかもしれない。

尾崎士郎は若いころはアナキストで、高木徳や『それからの武蔵』の作家小山勝清、上海で新聞記者をしたり、小説を書いていた小森猛など熊本の済々黌卒の文学グループとも妙に仲がよく、高木などは「人生劇場」のいつも失恋をしている九州男児新海一八は自分がモデルだと公言してはばからなかった。

稚気愛すべき男たちであった。

小森猛の長女黎子さんが一枝さんの出産のとき熊本から手伝いに来て、そのまま住み着き、洋裁店に勤めた。その彼女が帰省したとき、この二人の文通の話を確かめてきた。

汀女の縁談が決まったとき、彼女と沙丹との橋渡しをしていた男性が汀女の母に頼まれ、上田家から手紙を取り戻してきたという。

橋渡しをした男性は原田謙次といい、沙丹の遺書ともいえる歌集『乱酔』に序文を寄せている。原田家と小森家とは親戚であり、さらに小森猛と沙丹は幼なじみであった。

沙丹と汀女はいつごろ文通をしていたのか。

一枝さんは高木徳から「汀女さんが十八歳のころ」と聞いている。十八歳といえば、大正七年

（一九一八）三月、汀女が県立高等女学校の補習科を終えて、花嫁修業をしていたころだ。この年の暮れ、玄関の朝の拭き掃除をしながら、「吾に返り見直す隅に寒菊赤し」の言葉が浮かび、驚く。縁側の方にまわって眺めると、庭の奥の八つ手の花が咲いていて、「いと白う八手の花に時雨けり」。そして塘に出れば、「鳰葭に集りぬ湖暮るる」。こんなものが俳句といえるかどうかと思い、九州日日新聞（現熊本日日新聞）に送ったら、翌年正月四日の三浦十八公選の「九日俳壇」に七句掲載された。

「九日俳壇」といってもそんな大げさなものではない。紙面の隅っこにあり、投句者もそれほど多くはない。たちまち常連となり、「九日俳壇」も彼女の登場で大輪の花が咲いたように華やかさを増す。

当時、沙丹は東大の学生であった。もちろん、休暇期間は郷里の熊本に戻っていたであろうから二人が知り合う可能性はなくもない。しかし、もっと前から沙丹の名を汀女は知っていたかもしれない。沙丹が生まれたのは熊本城下の高田原《こうだばる》といって、かつて藩の軽輩たちが住んでいたところだ。幕末、ここから勤王党の志士たちも出ているが、そこの若者たちは、どこか世の中を揶揄するようなワマカシ精神にあふれていた。

沙丹は旧姓牧野。ロシアの日本大使館にいた叔父の上田仙太郎の養子となり、上田姓を名乗る。

熊本城内にあった幼年学校に入学するが、いやになり、卒業前に退学されるように仕向け、県立中学の済々黌四年に編入され、五高に進む。彼のいたクラスは猛者揃いで、なにかといえば騒いだものだという。その中心人物が沙丹であった。

「沙丹」とは、聖書にある「サタンよ退け」のサタンである。悪魔主義を標榜していたというか、世にいう偽善者に対し、偽悪者を演じ、上通などの街頭でずいぶん乱暴な振る舞いもしたという。しかし、書斎には自ら「街頭の野気、書斎の厳粛」と大書し、勉学に励んでいたという。沙丹の五高卒業記念ともいえる「龍南物語」が九州日日新聞に連載されると、当時の森都学生の血をわかしたものだという。

東京から帰省した沙丹は九州日日新聞で汀女の句をみたであろう。その才能に大いに感心もしたろう。汀女も「龍南物語」の作者として沙丹にあこがれをいだいていたのかもしれない。あるいはどちらも目立つ存在である。二人を近づけ、囃そうという若者たちもまわりにはいたであろう。

熊本と東京の遠距離恋愛だ。

遠くに離れているほど思いは募る。むしろ沙丹の方が悶々としていたのではないか。歌を詠み、酒を飲まずにいられなかったのだろう、酔っ払って高木と三越のライオンの像によじのぼり、お巡りさんから叱られるということもあったという。

熊本県人の三菱地所部長赤星陸治（俳号・水竹居）に就職を頼み、三菱倉庫に斡旋してもらったが、赤星の「君も会社員となる以上今後二十年間はどれいになったつもりで働かねばならぬ」という言葉に驚き、かつその赴任地が朝鮮の木浦というのに落胆し、屈辱をおぼえた。

学生時代、彼は養父の影響を受け、外交官になろうと思っていた。「三十にして書記官たり、四十にして公使たり、五十にしてバロン上田」と昂然と言っていただけに現実のその落差に愕然としたのだろう。

海原に鯨を追わねばなぐさまぬ恋もかなしき白萩のころ

朝鮮の木浦への赴任送別歌会で詠草。

彼は二十年のどれいになることにあきたらず、赴任途中、辞表を電報で送り、養父の紹介で鳥居素川に会って、大正日日新聞社の記者になり、上海特派員となるが、わずか半年で不慮の死を遂げる。大正九年（一九二〇）七月十日のことであった。

ちょうどその日、熊本には大阪の俳人青木月斗が熊本に訪ねてきており、翌夕、江津湖に屋形舟を浮かべ、歓迎句会が催されている。砂取の東浜屋から舟を出し、湖へと卓をさした。汀女は江津の塘から降りて来て、寄ってきた屋形舟に乗り、「船中一点紅を添えた」と九州日日新聞に書かれている。夕闇が迫ってきて、汀女は提灯を吊るすのを手伝っている。

浸し行く手に萍《うきぐさ》や船遊び

そのとき、汀女は二十歳と三か月。におうように美しかったろう。蛍がすうっと汀女の横顔をかすめはしなかったのか。

七月二十九日付の九州日日新聞に「悼沙丹上田法学士」（今田鉄甕）という漢詩が載っており、沙丹の不慮の死が熊本の友人らに伝わってきたのは、十日ほど経ってからのことだと思われる。

汀女の心情はどうだったのか。詳細に検討したわけではないのではっきりとは言えないが、当時の彼女の句からそれを読み取ることは難しい。短歌とは違い、俳句は自らの心情をうたいあげるものではない。そこを裁ち切ることから詩情が生まれる。

そのころ、新市街に「ぱんじゅう」というちょっと風変わりな菓子パンと喫茶を商う店があった。宮部寸七翁という元新聞記者の俳人が妻の順子と開いたものだ。寸七翁は本名逸夫。早稲田の政治科を出た「筆舌の雄」であった。自ら週刊紙「九州立憲新聞」を経営していたが、高利貸攻撃の連載記事が筆禍を買って獄中の身となり、出獄の時にはすでに肺を冒されていた。妻の順子は博多毎日新聞の女性記者で美貌の歌人として知られた。

寸七翁は、この「ぱんじゅう」を文学サロンとしようとしていた。

九州日日新聞の俳壇の選者三浦十八公は仕事を求め、上京し、民友社に勤務しており、熊本で指導をしてくれる者がいなくなっていた。寸七翁が俳句を始めたのは大正五年（一九一六）ごろで俳歴は短かったが、文学的才能があり、感覚もよかった。みるみるうちに頭角を示す。汀女は彼の指導を受けるようになる。しかし、若くてみずみずしく、どこか無邪気な汀女が出入りすることに順子はしだいに嫉妬心を抱くようになる。

沙丹が亡くなったその年の九月、大阪毎日新聞熊本支局員となってきた中島木庭人が寸七翁を訪ねてきた。店の裏の座敷に順子が病に伏していた。「ホトトギス」に随筆を書いている汀女のことが話題になった。「天分というか、句もいい、文章も素晴らしい」と寸七翁はつい言葉が熱を帯び、はっと順子の方に目をやった。「いつか彼女の家に連れて行ってくれませんか」「僕はいつでもいいですよ。なるべく月のある晩がいいですね。湖畔の天才とでも見出しを付けたら」

「性急ですね」と木庭人は笑った。

「中島さん、行っていらっしゃいませ。美人ですよ」と順子も言った。

このときの汀女訪問のことが「湖上の月」と題して九州日日新聞に寸七翁、木庭人、汀女とリレー式に六回にわたって連載されている。家を出るとき、寸七翁はやはり妻のことを気にしている。上通町の九州日日新聞の社屋の前で大声をあげて是山を呼び、「汀女のところに一緒に行かないか」と誘っている。是山と三人で行けば、少しばかりは斎藤家にも説明がつくと思ったためだが、仕事があると断られた。

玄関で案内を頼むと、奥座敷の方にかけ広々とし、ひっそりとしていた。台所の方から「ハーイ」という声がして、汀女の優雅な、人懐こい顔がまるで浮き出たように現れたと寸七翁は描写している。

汀女の父が江津湖から鮒《ふな》を釣ってきて、おろし始めた。「茗荷《みょうが》を取ってこい」と言われる。池のそばで茗荷を摘みながら、なんとなくうきうきしてくる。座敷に戻ると、木庭人は縁側の柱によりかかり庭の方を眺めており、寸七翁は句を書きつけていた。「そのこともなんだか私には心安く思われて嬉しさがいっぱいになりました」と汀女は素直につづいっている。

俳句の師弟の一種の相聞歌《そうもんか》であるこの連載エッセーは評判を呼んだことだろう。

その一年後、寸七翁の妻順子が家を出ている。

順子が家を出た年の大正十年（一九二一）九月十一日、北九州から杉田久女が次女の光子を伴い、江津の家に遊びにやってきており、三泊している。

九州日日新聞の十月十日付に「初秋の郊外　二人の女性の手帳から」と題され、汀女のエッセー「柿落葉」と久女の「江津湖句帳」が掲載され、そこに訪問してきた日付が明記されている。

久女の目には両親の愛を身一つに集め、美しく優しく、野の花のように素直に多感に育った汀女の姿が映った。生地のままの中の中幅の帯を無造作に締めて、庭の池からバケツの水を汲んでは縁側を拭いている。

なんでもない姿が、そしてよく発達した、処女らしい健康な美しさが久女にはまぶしいほどであった。

二人はそれ以前から文通をやっていた。おそらく「ホトトギス」や「電気と文芸」の俳句欄を通じて親しさを増したのかもしれないが、汀女は久女のことを「お姉さん」と慕い、心のうちを洗いざらい打ち明けるほどであった。その心のうちにあったのは、沙丹ではなく、俳句の師、寸七翁であった。

「お病気ではあり、奥様に去られてしまわれ、お淋しい、おかわいそうな先生」と胸を痛めるのだが、寸七翁の妻、順子の家出の理由は当の汀女にあった。その無邪気な汀女の行動に嫉妬し、順子は家出をしたのだ。

久女は「いずれは別れる運命にある師と弟子の間に一層悲しい涙を覚えるようなことがないように」といさめてもいたらしい。

沙丹との間は真に純粋なプラトニックの恋愛物語であり、沙丹の方は深刻で悶々とするものがあったかもしれないが、いずれにせよ汚れなきものではあったろう。

寸七翁との方には危険なにおいがする。

相手は妻帯者であり、愛の遍歴も多彩。もともと攻撃性の強い性格であり、妻の家出事件をめぐって順子からの手紙を九州日日新聞に発表するほどの神経の持ち主だ。

さらに肺を冒されている。

そんな男が家にもしばしば訪ねてくる。

「家付き娘などとは言っておれない」と母親のていは思ったはずである。

大正十年十二月、熊本市寺原町生まれで、五高、東大卒の中村重喜と結婚。翌十一年一月、東京淀橋税務署長の職にあった中村と共に上京する。

新市街の「ぱんじゅう」に集う若き歌人・俳人らにとって汀女が去った喪失感は大きかった。それも奪った相手は大蔵官僚のエリートである。無頼を装った彼らにはそれが我慢できなかったのかもしれない。大正十一年一月十二日付の九州日日新聞の文化欄に「新婚の某女に」と題し、実に悪意のこもった短歌十首が掲載されている。投稿者のペンネームは〝破魔児〟。汀女の本名が破魔子をもじった手のこんだものである。

マイクロフィルムでこれを発見したとき、何か嫌なものに触れた感じがした。品位がなく、あえて紹介することもなかろう。ただその中に一首、沙丹の名が織り込まれたものがある。

果敢なくも流星のごと世を消えし沙丹と君の戀の遺物よ

久女は新婚の旅に上る汀女と夫の重喜の二人を門司の埠頭に見送っている。

「それは美しく幸福げな汀女さんだった」と久女は書いている。汀女はあまりめそめそしたところがなく、婚礼を終え、新郎の重喜といよいよ熊本を出立するとき、江津の家から駅まで乗ったハイヤーが突然がくんと止まった。そのとき、「あぶなかですばい」と運転手に声をあげたのは汀女だった。男たちがめそめそぐずぐずしているのをよそにさっさと乗り越えていく勁《つよ》さが彼女のなかにはあるように感じられる。

寸七翁が「血を吐けば現も夢も冴え返る」という絶句を残し、亡くなったのは大正十五年(一九二六)一月三十日。享年四十歳。

汀女は熊本を去り、十年間句を絶った。

晩年の汀女に一枝さんは、結婚前の文通相手のことを何気なく聞いたことがあったそうだ。そのとき、汀女は顔に動揺の色一つ見せず答えたという。「さあ、知らんな」。そして素知らぬ顔で付け加えた。「若いころのことはたいがい忘れてしもた」

汀女はわが青春を見事に封印していたのである。

二章　人物に見る熊本の青春

熊本時代の斎藤史

第十一旅団長の娘

斎藤　史

こもごもにわれらが撫ずる緬羊の
深毛の背は陽にぬくもれり

ＪＲ信越線長野駅に降り立ったら、まったく雪がなかった。

「この冬はさっぱり」とタクシーの運転手がこぼした。「でも雪がない方が走りやすいでしょう」と聞いたら、「それはそうだけど、雪で足場が悪くならねと地の者は乗らねえな。さぶいだけじゃだめだな。信州人はさぶさに強えからな」

駅から斎藤史さんの自宅まで車で七、八分という距離であった。開業医だったご主人が亡くなって十数年になるが、「斎藤内科」の看板が「内科」の文字だけ消されて残っていた。

史さんにとって信州は父祖の地だ。生まれは東京。軍人だった父に従い、小学校から女学校時代まで旭川、津、小倉と転々。旭川郊外の小学校の同級生に同じ軍人の子、栗原安秀がいた。後の二・二六事件の栗原中尉。それについては後の方で。小倉から再び旭川。そして、熊本にやって来たのは昭和二年。十八歳から二十一歳まで熊本で過ごした。彼女は、熊本の街では目立った存在だったようだ。

「写真が地元の新聞などに載ったりしましたから」

それらのポートレートについては、旧制熊本中学の生徒だった木下順二さんの記憶にも残っており、小説『本郷』の中に「〝明眸〟というような形容を添えた史さんの写真が、それまで何度か地元の新聞に載ったことがあった」と記している。「それは知らなかったな。でも、私があちこちに書いたものが小説などで使われていて……」

三島由紀夫が二・二六を題材にした『春の雪』にも歌を詠む女性がでてくるが、「あれはフィクション」とひとこと。もともと史さんの父君、斎藤瀏少将が異色の軍人であった。

佐々木信綱門下の歌人で知られ、陸軍第六師団の第十一旅団長として赴任してくると、五高の上田英夫、医大の加藤七三、それに安永信一郎、黒木伝松らに呼びかけ、「熊本歌話会」を結成、熊本歌壇の一大統合を試みた。大江九品寺の官舎には、大学は出たものの職がない文学青年や絵かき、左翼の五高生まで集まってきた。官舎といっても借家で、「ばか広かったなァ」という。

「あんまり人が寄って来て、事務局を背負ったつもりの内田守人なんか、台所まで来て、やたら恐縮して。母は米屋や酒屋の支払いが大変でした」

そのころの軍人の家庭は案外自由でモダンな、山の手風の雰囲気が漂っていたらしい。まして史さんは一人娘。詩人気質の父親にのびやかに育てられた。

「宴会があると、若い芸者が必ずおやじについて家まで来るの。何するかというと、娘の私と遊ぶためなのよね」

この異郷の地は「武士気質の残った南国的土地」であり、大正から昭和初期の時代の気分を反映した「モダンな町」でもあった。

「女性アナウンサーの試験を受けようとしたこともある」と史さんは打ち明ける。昭和三年、東京、大阪に次いで熊本にも放送局が開設されることになっていた。ＧＫと呼ばれた。いまのＮＨＫ熊本放送局だが、九州ではここだけだった。「明日をも知れぬ軍人の娘として、自分で食べる道を考えないと」という将来への不安と、「言葉になまりのない私だったら受かるのでは」という自信があった。とはいえ、女性が職業を持つことはまだ目立ち過ぎる時代。母は仰天して、引き留め、史さんも「いずれここに住む日も長くなかろうと当分、お嬢さんの顔をし続けることにした」という。

短歌を始めたのは旭川のころ。遊びにきた若山牧水が勧めてくれた。阿蘇・湯の谷で催された

「安居会《あんごえ》」にも参加。アララギの修業道場とでもいったもので、一番の年少だった。中村憲吉、土屋文明、結城哀草果らがずらりと顔を並べていた。

　　こもごもにわれらが撫ずる緬羊の深毛の背は陽にぬくもれり

そうした小春日和のようなのどかな日々にも、戦争が影を落とし始めていた。中国大陸での雲行きが怪しくなり、昭和三年四月二十三日、「邦人保護」を理由に、父瀏は第十一旅団を率い、隣国へ出兵していった。後に「済南事件」と呼ばれるものだが、途中政変があり、田中義一内閣は反対党の浜口内閣となり、出兵は支持されず、出先の軍隊は宙に浮いてしまう。

「結末は当面の出兵長官が全部退職して、中国史上でも不落という名城であった済南を傷つけ落としたことを中国にわびる形になりました」

一家は熊本を引き払い、東京に移住するが、その予備役の家にかつての同級生栗原中尉が遊びに来るようになる。「栗原中尉と私はくりこ、フミ公と呼び合う一番の幼友達。色恋抜きなのですけど、信頼ということでは、二度と会えないような間柄だと思っています」

そして、十一年二月二十六日の大雪の早朝、「おじさん。すみやかに出馬、軍上層部に折衝し、事後収拾に努力してください」との電話を受けて、古い軍服をつけ、自動車を呼んで出ていく「おやじ」を史さんは母と一緒に玄関で見送った。父瀏は「叛《はん》乱を利す」として将軍たちの中で唯一、禁固五年の有罪判決を受け、金鵄《し》勲章をはじめ、恩給、扶助料いっさい剥奪される。青年将校、栗原らは銃殺刑。

　白きうさぎ雪の山より出でて来て殺されたれば眼を開き居り

史さんのことを「昭和という時代を舞う能のシテ役だ」と表現したのは雨宮雅子である。疎開地のリンゴ倉庫十畳一間の暮らしから再出発した戦後までふくめ、その作品世界は艶やかな光彩を放つ。しかし、ご本人は四羽のチャボとベッドにもぐりこみ、「九州は暖かかったなァ」と思うのである。

（熊本日日新聞　1991年1月6日付）

〔付記〕斎藤史さんは平成十四年（二〇〇二）四月二十六日、九十三歳で逝去。

たばこ売り場にすわって

安永蕗子

しづまらぬ心抑へて坐るとき
売場小さき枷具のかたち

「私の青春は不発弾に終わった……」

歌人はあでやかな笑顔でさらりと言ってのけた。しかし、不発弾とは、なんともいさましい言葉だ。

大正九年（一九二〇）二月生まれ。同年の生まれでだれかいないかな、と調べたら、原節子がいた。ただし、安永蕗子は早生まれで、六月生まれの原節子より学年では一年上になる。

「なんだか嫁にやるのが気乗りしないらしく」

どうもいけない。小津安二郎描くところの「晩春」がついダブってきて、笠智衆演じる役どころが父君、安永信一郎（歌人）に思えてくる。「映画をよく見ておられたそうですね」と尋ねたら、「活弁のころから。両親が映画好きで、土曜日になると連れて行かれて…。相撲館や世界館とか。おかげで必ず翌日、扁桃腺《へんとうせん》がはれて寝込んだ」と話がぽんと昭和初年に飛んだ。

埃っぽく、馬糞臭く、そしてモダンな町だった。

砂埃は街の真ん中にぽっかり空いた花畑町の「第二十三連隊兵営跡」から舞って来た。大正十二年（一九二三）、兵営が郊外に移り、どでかい空き地が出現した。春になると、そこに春の市が立ち、十二月にはサーカスがやって来た。

父信一郎は腕のいい欄間《らんま》彫りの職人だったが、蕗子が小学一年のとき、彫刻刀を捨てて、「立春堂」という書店を開いた。場所は水道町の四つ角。前に電車の安全地帯があった。間口四間、奥行き二間。文房具も並べ、帳場ではたばこや切手も商った。ずらりと並んだ新本や雑誌の中には「赤本」と呼んだ一冊五銭の文庫本があった。

小学二年生の蕗子は、書棚から「赤本」を抜いては、縁側で日がかげるまで読みふけった。庭には、葡萄の木があり、蔓を白壁に伸ばしていた。猿飛佐助や霧隠才蔵、岩見重太郎と読みすんで「妲妃のお百」などという毒婦伝にまで手がおよんでいた。

「父も母も私を見て通ったけど、なんにも言わなかった。新しい店のことで両親ともいそがしかった」

母は、博多の生まれで、福岡県立高等女学校を出ていた。「歌人で木彫の仕事をしている」との言葉にひかれて嫁いできた。クリスチャンで、蕗子の手を引き、三年坂のメソヂスト教会に通った。

「だから、私の原風景は聖書の中の風景だったりする」

　紫の葡萄を搬ぶ舟にして夜を風説のごとく発ちゆく

そのころ、第十一旅団長として、「将軍歌人」の斎藤瀏が在熊した。「熊本歌話会」を結成、熊本歌壇の一大統合が試みられた。父母に歌会に連れられて行かれた。女流歌人として中熊節子、手島順子、それに斎藤瀏の愛娘、史もいた。「史さんはお嬢さま。ほかはずいぶんとんでいる女性たちでした」

フェルトの婦人帽子、耳かくしの髪形。みじかめのスカート。「パラマウントニュースの封切りで、東京の風俗は、一週間もたたずに熊本の人々の目にも届くのです」

店先にのっそりと宗不旱が訪ねてきたりした。「こわい感じの老人で、笑った顔を見たことがありません」と蕗子はいう。父、信一郎がもっとも敬愛する歌の先達だったが、流浪の生涯で、戦時中、阿蘇鞍岳あたりで消息を絶った。山頭火もやってきた。髪を七三に分けて、眼鏡をかけて、「一見、なにごともなさそうな人であった」という。

昭和四年（一九二九）十一月、古川ロッパらが『キネマ旬報』の創刊十周年を記念し、購読者増のキャンペーンに熊本に来ている。同誌の特約店として下通の「雅楽多」と水道町角の「立春堂」の名が出てくる。

昭和六年（一九三一）秋、熊本市で陸軍大演習があった。「天皇さまもおいでになる」ということで、熊本駅から子飼までアスファルトに舗装されるなど、大急ぎで町がきれいになる。蕗子の記憶では、第一高女の制服ができたのもこの年からで、それまではまだだった。

セーラー服で第一高女の門をくぐった蕗子は卓球部に所属した。「ペンシルハンドのはしりのころ。選手として私もならしたものですよ。練習はスパルタ式。お嬢さん学校ではありません。文武両道。それでいながら、自由な雰囲気がありました」

しかし、このころから浜口内閣の緊縮政策で、景気が悪くなり、順調にいっていた家業の本屋の方もしだいに困難をきわめるようになる。

「町全体が不景気の底に沈滞したようで。教室で授業を受けながらも、店のことが心から離れなかった」

そして、皮肉なことに街が奇妙な活気にあふれだしたのは、日中戦争が始まり、次々と町内から若者たちが出征してゆくようになってからだという。

「田舎から赤紙で召集された人たちが、兵役につく前のひとときを町の旅館で過ごす。そうした人たちが、便せんとか切手とかまとめ買いをする。もっとも在庫品だけの商いで、やがて底をつきますが」

蕗子が熊本女子師範二部（二年課程）に進学が決まったとき、父、信一郎は五高教授の高森良人氏の自宅に連れていった。そこで受けた指導はごく簡潔を極めた。「まず、四書を暗記するまで読みなさい」

「もしもいま一番、私に役立っているとしたら、それは若いころ四書や古典を暗記するまで読んだことかな」と蕗子は話す。

もちろん、論語や古典にばかり漬かっていただけではなかった。「映画。私の青春は映画館にあったかも。戦争がひしひしと迫っていたあのころ、不思議なことにいっぱい欧米映画が入ってきた。そのうちドイツ映画が中心になりましたけど」。コリンヌ・リュシェールの「格子なき牢獄」や「未完成交響曲」。これらは保護者同伴で出かけたが、専攻科に進むと、「半社会人」という抜け穴でめちゃくちゃな映画遍歴を始めた。「名画三本立て強行上映はのがさずといった感じで」

昭和十五年（一九四〇）四月、慶徳小学校に奉職。三年後、第二高等女学校の国漢科の教師に。

昭和二十年（一九四五）七月一日。Ｂ29の空襲があり、女子師範の奉安殿を守るため、深夜空襲のさなかを学校に駆けつける。夜を徹しての焼い弾投下の空爆の中で学校は無事を保ったが、水道町の店も住居も灰燼《かいじん》に帰す。

「モンペ姿で勇ましい格好で駆けつけ、孤軍奮闘した結果が」と笑う。

焼け跡で父、信一郎は言った。

「世の中に絶望することはない。桜の木の下にムシロを敷いて、何があっても親子四人が暮らせればよいでないか」

胸を病んでいるというのがわかったのは白川中学の教師時代だ。「兵舎を改造したばかりの校舎で」。休職して、国立病院に入院した。毎月、父から「アララギ」が届いた。昭和二十八年（一九五三）、胸郭成形の手術を受ける。自宅療養を加えて、七年間のブランクだった。

戦後、建て直した店の売り場に座るようになった。区画整理で道幅が広くなり、そのぶん店は狭くなった。板目の透いた売り場にいると、「傷だらけの人生」といった気分にもなった。「しかし、その売り場に座って、私はさまざまな人生を見た。まだ戦後のすさんだ空気が残っていて。店の前の安全地帯で市電に乗降する人たちの間でもいろんな出来事が演じられた。そうした人々の生活の背後には星が出ており、また雲が流れていく。自然の中で人間の営みを歌うことが私の出発となった」

しづまらぬ心抑へて坐るとき売場小さき枷具のかたち

熊日の記者をしていた妹の道子（永畑姓。評論家・作家）が結婚をし、東京へ去った。父が主宰する歌誌「椎の木」の編集が回ってきた。「冬の虹」二十首を発表、それが角川書店「短歌」の編集長の目にとまる。

はじめての原稿依頼に衝撃を受けた。人に見せることをおそれ、独断のまま送稿。「短歌」六月号に「冬のうしほ」三十首が発表される。七月号の戦後「新鋭百人集」に自選六十二首をもって参加。七月、「棕櫚の花」五十首で第二回角川短歌賞を受賞する。

鮮やかなデビューであった。「しかし、やせほそって、わずかの肺活量で九段の坂をようやくの思いで上っていきました」

「もはや戦後ではない」といわれた昭和三十一年（一九五六）。蕗子は三十六歳になっていた。

（熊本日日新聞　１９９１年10月６日付）

〔付記〕安永さんは平成二十四年（二〇一二）三月十七日逝去、九十二歳。

おかっぱ頭の代用教員

石牟礼道子

うつむけば涙たちまちあふれきぬ
夜中の橋の潮満つる音

石牟礼道子様

熊本市の仕事場で話をうかがったあと、水俣市に出かけ、ご自宅でご主人にアルバムを見せていただき、葛渡小学校にも足をのばしました。祝日で、だれもいない校庭の隅のブランコにゆられながら、ぼんやりまわりの山や空など見上げて来ました。

終戦の翌年、代用教員として勤められたころの校舎の面影など、とうの昔に失われ、ただ校庭のイチョウの木だけが大きくそびえていました。

葦北郡田浦国民学校の代用教員になられたのは昭和十八年（一九四三）、十六歳になったばかり。オカッパ頭のむぞらしか先生でした。「こらおごつ、大人に早くならにゃいかんとバイね」

と思われたとのことですが。

石牟礼さんの本などで家系のことを調べてみました。

祖父吉田松太郎さんは天草上島下浦の石工の棟梁で、水俣に新境地を求め、不知火海を渡ってきます。道路工事、港湾建設を請け負い、回船業を営むなど手広く事業を展開されます。父の白石亀太郎さんは帳面付けに雇われ、松太郎さんの長女ハルさんと結ばれます。亀太郎さんは天草下島の下津深江の人です。下島の宮野河内の仕事先で石牟礼さんは生まれます。道の完成を予祝して「道子」と名付けられたとのこと。

物心つかれたのは水俣の栄町の家。住み込みも石工の徒弟さんや通いのおばさんなどでいつもにぎわっていました。通りには女郎屋や髪結いさんの家があり、女郎さんに可愛がられ、また髪結う様をあかず眺めておられたとかで、栄町のことが作品にも出てきます。道子さんが小学校二年のとき、事業が破産し、松太郎さんと別れ、一家は〝とんとん村〟に移られます。わずかな田畑を借りての暮らし。「はよ学校を出て、紡績でも入って、弟や妹にランドセルや筆箱を早く買ってやりたか」と思っていたところに、「実務学校ぐらい出させてください」と先生たちがやって来て、「そこまでおっしゃるなら」と父親の松太郎さんが「赤貧の中から娘を実務に出すわけじゃから」と訓示をなさったとか。あのころ、旧制の中学や女学校に行けるのは、「よかとこの人たち」だけで、男の子たちもせいぜい高等小学校で算盤など身に付け、社会に出ていくのが普通でした。

水俣実務学校二年のとき、「退学騒動」を起こされた話をされましたね。「紡績に行く」と家には無断で退学届を出したことで、同調者が続出。校長先生が家に飛んできて、バレてしまって、「不良のごたることばしでかして」と父上のカミナリであっけなく幕になりますが、そのころから「騒動好き」の一面を持っておられたのだな、と思いました。調理室の窓を乗り越え、こっそり砂糖を盗みだし、みんなに配っているところを見つかって、「級長でありながら気持ちが分からん」と女先生を泣かせた、と石牟礼さんも楽しそうに話されましたね。

中国大陸での戦争はドロ沼から抜け出せず、日米戦争へと発展していく。勉強はあまりなく、農業科の加勢に開墾に出かけ、また松根油をつくるために松の根っこを掘り出す。家政科だからオカラのコロッケを揚げ、しかし、バッタのつくだ煮、「あれは食べきりませんでしたね」と。

代用教員になったのも実務学校の先生に勧められてのこと。「年は少なかが、受ける資格はありそうだ」といわれて。受かったら、一番年下。佐敷にあった助教錬成所に二か月通い、オカッパ頭のおなご先生の誕生です。家庭訪問にやってきた道子先生を、「ちゃんとお茶も飲んで、挨拶もできて」と父母たちがうわさ話をしたと、これまた楽しい話でした。教室の窓の外を見ると、同じ年の三つ編みをした女学生が通っている。「三つ編みをしたかったなァ」とついポロリと涙を落とすと、「先生、なんで泣くとな」と子どもたちが心配してのぞきこみます。しかし、そんな感傷にばかりふけってはおれませんでした。「どうやったら、大人になれるだろうか」と気持ちは深刻でした。先生とは、社会の鏡、人間の鏡だといわれて。これもすべて戦争のせいでした。おとこ先生たちは次々に兵隊に取られ、残っているのは年寄り先生とおんな先生たちばかり。おとこ先生が出征して行く度に受け持ちの生徒数が増えていき、九十人にもなると、「泣こごつなります」。空襲があるから教室もお宮などでの分散教育。

村にもおとこたちの姿は見られなくなり、じいちゃんばあちゃんに育てられている子供とか、欠損家庭がどんどん増えていき、欠食児童が出て来て、顔がみなギラついてきて、道子先生は「自分の弁当を与えたものか。与えるなら、どこで食べさせるか」と胸がうっつまって……。

だんだん抑圧的になってきて、「満蒙開拓青少年義勇軍」に志願し、出ていくという生徒が職員室に「行ってきます」と挨拶にくると、足を机の上に投げだした先生が「行ってきます、とはなんだ。行きますと言え。行ってもう帰らない覚悟で行け」と怒鳴っている。そのかたわらでたまらずに泣きだしている道子先生がいました。「大黒柱」のその子が出て行けば、あとには母親とばあちゃんだけしか残らない。「あとをよろしく頼みます」と挨拶に来ているとその子の心中を思えば。

先生たちの歓送迎会の席で、「朝鮮桃太郎ばします」とあるおとこ先生が背広の肩に物差しをさして、「オチイサントオハアサンカ……」とおかしげな手ぶりで踊りだす。先生たちも親たちも笑い転げて、道子先生は「あらっ」と思います。「あんなことも子供に教えるとでしょうか」と校長先生にたずねると、「吉田（旧姓）、いつもの愛きょう顔をどうした。あれは大人の余興タイ。おいが前じゃ言うてよかバッテン、ほかの前では決して言うてならん。ここには憲兵のおるとじゃけん」

田浦には、カーボン工場があって、軍需工場ということで、憲兵も配置されていたのでしょうか。

国家とは、村とは、個人とは。戦争とは、平和とは。「東洋の盟主になれ」と文部省は言ってきたけれど、それは違うのじゃないか。まだ十七、八歳の乙女に大きな課題がたちふさがる。石牟礼文学の原点は案外このあたりにあるのでは、と思われます。

やがて敗戦の日。助教錬成所の夏季講座を受けていたときと話されましたね。しかし、民主主義というのも「そのあたりから買ってきた」ようなお手軽さであったともおっしゃいました。まず、生徒たちにさせたのは教科書の墨塗り。「進駐軍の来るよ。早よ早よ塗らんと」。ちっとも本質は変わっていない。昔気質の父は「これからアメリカ人になれ、ということか。おれは嫌バイ」

石牟礼さんにとって一番気がかりな存在は一つ年下の弟さんのようでした。芸術的な天分をしのばせていて、ふれればこわれるような鋭敏すぎる感受性の持ち主で、父親との衝突が絶えませんでした。「道子が男だったら良かったのに」という亀太郎さんの言葉に身を縮めながら、弟の中にだんだん自分を一体化していかれます。まるで一緒にのたうっている感じだったと。そんな弟のことで「話し相手になってくれる人がいたら」と付き合いだしたのが現在のご主人です。すぐ近所のその家には、縁側に本が積んであり、「ああ、ここには本読みさんがおられるバイな」と前から気づいておられたとか。それらの本は受験参考書だったと後でわかるのですが。受験参考書の持ち主は、兵隊から復員し、土木作業などに出ておられたが、弟の友達でもありました。

ようやく二十歳になったばかりで結婚。「うつむけば涙たちまちあふれきぬ夜中の橋の潮満つる音」とそのときの婚礼の行列を詠んでおられます。提灯をさげ、昔ながらの嫁入り風景でした。「向こうのお兄さんも兵隊から帰っていて、二つも式は挙げきれん。兄弟一緒に」となりました。

六畳一間に台所がついただけの掘っ立て小屋を亀太郎さんに建ててもらい、はために は幼いままごとのような新婚生活。道子さんは学校を辞め、ご主人が代用教員になられた。結婚とは何だろう。男女とは。またぞろ「課題」が頭をもたげ始め、質問を連発する道子さんは「やかましか」と怒鳴られ、つい悔しさに宮沢賢治の「雨ニモ負ケズ」を繰り返し書写し、しだいに短歌に熱中されていきます。

昭和二十三年（一九四八）十月、長男が誕生。

　吾子抱きて神詣でするこの朝祈るといふをわれは知りたり

　たまさかに夫が買ひ来し鰯百匁如何にせばやと我はとまどふ

そんなある日、一つ年下の弟が二人の子を残して、汽車にひかれて死んでしまう。

　おとうとの轢断死体山羊肉とならびてこよなくやさしき繊維質

一間だけの家で、「糸代だけでよろしゅうございます」との言葉で山のように持ち込まれた和裁の仕立てなどをしながら、代用教員時代が懐かしく思い出されます。戦時中の暗くて、しんどかった田浦国民学校とは異なり、敗戦の翌年の葛渡小学校時代は、半年、胸を患い、休みはしたものの、将来を誓う人も現れ、高揚したものがあったのでは、と推察します。

石牟礼さんはおっしゃっていましたね。「子供たちに遊んでもらったといった感じで。でも日記を付けさせ、作文とか絵とか、頑張ったのですよ。とってもいきいきとして。学芸会でも一番良かったと、校長先生からお褒めにあずかりました」と。

石牟礼さんにとって本当の出発は——。それは天才詩人谷川雁に勧められ、「サークル村」に参加し、水俣病の患者さんたちとも知り合われたころだと一般にいわれますが、もっとずっと早く、少女のころの代用教員時代からとわたしは思います。そのころからずっと引きずっておられた課題を、観念的ではなく、天性の豊かな感性と常民の言葉でもってつむぎだされてこられたといった意味からも。

（熊本日日新聞　1991年9月22日付）

コケ臭い若き国士

荒木精之

自分は草深いいなかにはえた一本の樹木だ

荒木精之の名はまだ五十音別の電話帳に残っていた。

「いま、歯医者に通っているので」。電話の向こうから夫人の嘉子さんのくぐもった言葉が戻ってきた。「それに娘に聞かないと……」。そこを強引に訪ねた。居間には、大きなパネル写真におさまった荒木がはすかいに首を傾け、かすかに笑みをたたえている。早いもので、昭和五十六年（一九八一）十二月三十日、荒木が七十四歳で亡くなり、今年の暮れで十年になる。ごくごく身内だけ集まって、護国神社で「十年祭」を終えたばかりとのことであった。

戦時中の昭和十八年（一九四三）三月、嘉子さんは荒木のもとに嫁いできた。嘉子さんは三姉妹の長女。十歳のとき、父を亡くし、母親一人に育てられた。「あそこの家に娘が三人いる。一番気にいったのを世話してやる」とある人が荒木に勧めたらしい。愛国婦人会に勤めていた嘉子さんは荒木の名を知っていた。すでに「地方文士」として知られ、「神風連の墓さがし」が新聞に大きく取り上げられていた。しかし、嘉子さんは「墓さがしとはコケ臭い人だな」と思った。「独身主義」を標榜していた荒木は、結婚の動機を「妻帯をすすめられることのわずらわしさから逃れるため」と友人にもらしている。新居はよその家の台所や井戸端を通って行かねば出入りができない、奇妙な家だった。隣は大きな屋敷で、そこの木戸をくぐって、屋敷の主人伊吹六郎氏が荒木のもとに遊びに来ていたという。

そこまで話をうかがったところで、玄関の方で物音がした。「あら、娘が帰ってきた」と嘉子さんは一瞬、首をすくめた。荒木の死後、三女のいおりさんと暮らしている。今年になり、遺稿『阿蘇』や『積乱雲』が出版、さらに全八巻の『荒木精之全集』の刊行が始まったが、出版社や印刷会社の間に立って、これらのことを進めているのが、いおりさんである。

詩も書くいおりさんは、父親の仕事を整理するために日大の学生時代の同人誌に発表された前衛詩などに目を通すうち、「へへぇ、こんなモダンな詩を作っていたのか」と肉親とは別の一人の作家として親近感を持つようになった。

都会の心臓はジャズで狂ひ初めた。

ペーブメントはフラッパーの洪水だった。

立派な将校がダンスホールの扉を叩いた。

（「都会の貞操」）

荒木は自叙伝的小説『環境と血』に自らの出生を「一人の嬰児が日本に生れ出た」と書いている。一月上旬、雪の降り積もった日の未明、阿蘇高原の村にある「たった一つ洋灯のともされている小学校宿直室」でのことだった。その学校は阿蘇郡長陽村の長陽小学校。父は二十七歳の青年校長。母も同じ小学校の女教師で、荒木は長男だった。

ほどなくさらに山深い学校に一家で移っている。現在の高森町草部南部小学校だ。やがて病弱な母は病床に伏す身となる。

〈学校には岩本先生という若い女の先生がいた。母が病気で寝ているので、岩本先生はよく私たち幼い兄妹の面倒を見てくれた。先生は学校近くの坂の下の家に下宿していた。私はさそわれてよくそこに泊りにいった。〉

この「岩本先生」が、母の病死で新しい母になる末生である。満六歳の時で、その春、父が菊池郡旭志村の麓小学校長として転出することになり、一家は客馬車に揺られながら南郷往還を下って行った。荒木は鞍岳の山裾にあるこの学校に入学し、原野の子として少年期を過ごす。

「自分が山の子であり、自然の子であり、風の子であり、光りの子であり、そんな風にして私はのびのびと育ってきたのである」と彼は遥かな日々を追憶している。感受性豊かである反面、神経質なところもあったようだ。山村の小さな学校の「校長先生の子」で、継母も教壇に立っていた。常にいい子であることを強いられ、転校生が入ってきたとき、「この子に負けたら、どんなに楽だろう」と思った。異母妹弟も次々に生まれた。小学四年のころから吃音がひどく、高等小学校から師範学校を受験し、面接ではねられている。「試験官の前で物も言えなかった」ためだ。

「少年時代の父のことを想像すると、ひどくいじらしいですね」といおりさんは話す。「ただ父の偉いところは自分を強い人間に変えていったところですね。精神的にも学問的にも。後に菊池一族や神風連の歴史なんかを研究するようになったのもそうしたところからきている気がいたします」

一年後、熊本の逓信講習所を受験、一千人以上の受験生の中から首席で合格する。九カ月の訓練を経て、特定三等局、若津郵便局（福岡県大川市）に配置された。大正十二年（一九二三）、十六歳の春であった。その郵便局も一年半勤めてやめた。熊本市内の県立図書館に通い、独学三年、検定に合格し、昭和三年（一九二八）上京して日大予科に入る。予科から史学科に進み、まるまる六年間、東京で学生生活を送っている。その六年間は激動の時代であった。満州事変や五・一五事件が起き、共産党に対する弾圧も激しさを増す。荒木は友人に頼まれ、「戦旗」を壺井繁治の家に届ける途中、逮捕され、四十日間拘留されている。夫亡き後、女手一つで隈府女子技芸学校の運営を切り盛りしていた末生を「精之は、とうとうアカになってしもうた」と嘆かせた。
帰郷し、隈府女子技芸学校の教壇に立ったが、文学への思いはやみがたく、再度上京を志す。しかし社会はそういう時世ではなくなっていた。戦火は北支の野に広がっていく。知人からも出征兵士が出る。自分にもいつ赤紙が来るかわからない。
「自分は草深いいなかにはえた一本の樹木だ。散文芸術の未開地、熊本へ種子をまこう。人が見ようと見まいとにかかわらず、とにかく自分だけの成長を遂げていこう」（短編集『神のような女』後記）
「日本談義」が創刊されたのは昭和十三年（一九三八）五月。神風連の墓さがしを手がけたのはその三年後の夏ごろからという。日大時代、教えを受けた羽仁五郎から「熊本に帰るなら菊池家や神風連を唯物論的に解明したらどうだ」と勧められたのがきっかけだったという。ところが、神風連の行動を調べているうちに「唯物論的に解釈するなんて、とんでもない」と気づくようになる。「墓にまいりたい」と思い立つが、その墓の在所がわからない。荒木の長年の友人となる岩下雄二は「精之の中に一つの回心が始まった」と見なす。そして、「墓さがしは一つの禊《みそぎ》でもあった」と。

戦後、熊本の文化界における荒木は巨木のごとき存在だった。しかし嘉子さんは夫の姿として見てきた。いつも台所は火の車であった。「毎日忙しい日々を送っていましたからね。私はただただ仕えていただけです」と嘉子さんは語る。

「少しずつ蓄えはしておりました。手術で大学病院の集中治療室に寝かされたことがあります。主人がふっと目を開け、いくらぐらいあるとな、とたずねました。これだけと言いますと、うなずき、目をつむりました」

身内が集まっての「十年祭」の席でのこと。異母弟の荒木修菊池市長から「さぞ悲しかったでしょう」と話しかけられ、嘉子さんは「一番悲しかったのは実の父が亡くなったとき」と正直に答えてしまった。二十九年間連れ添った夫婦の仲だ。悲しくないわけはなかったろう。しかし、「熊本で天皇といわれた人」の死だ。多くの人々が詰めかけ、悲しさに浸る余裕もなかった。

いま、嘉子さんは沖縄の巫女《のろ》のように神になった亡き夫の遺霊を守っている。

（熊本日日新聞　1991年12月22日付）

〔付記〕荒木嘉子さんは平成十六年（二〇〇四）に亡くなられた。八十八歳。

三章　光岡明と福島次郎

芥川賞を逸した夜、福島宅で。左から福島氏、光岡氏と筆者（平成８年７月17日）

熊本は二人の作家を喪った

一昨年末（平成十六年）十二月二十二日、光岡明さん、そしてことしの二月、福島次郎さんを喪った。寂寞たるものである。なんとも対照的な二人だった。直木賞作家の光岡さんは結局、裃を脱ぐことなく、亡くなった。光岡さんはいろんな公職に就いたが、福島さんにはお呼びがなかった。福島さんには何でも話せたが、光岡さんにはできなかった。新聞社の元上司でもあり、いつもどこかで私は緊張を強いられていた。

私は熊日夕刊に光岡さんが連載した遺作「恋い明恵」の出版を文藝春秋社に持ち込み、そうしたいきさつから巻末に三十枚ほどの文章を書くように言われたが、実際に書こうとしたら、光岡さんについて何も知らないのに呆れた。光岡さんも自分のことを周囲にあまりしゃべっていなかった。

そのことを福島さんにぼやいたら、「明《めい》さんの謎」を聞かされた。

二人はよく飲んだ仲であった。光岡さんは大の日本酒党で、福島さんを連れて行く店には、たいてい小籠のなかにチョコが山盛りにしてあり、なかから好きなチョコをどうぞというタイプの店だったが、そんな酒の席でも光岡さんは子どものころの話はしなかった。ふと「少年時代のことを書いてみたら」と口にしたら、光岡さんは不機嫌になり、口をつぐんだそうだ「小説は自分をかくすために書くもの」と言われて、ビックリしたという。光岡さんは、熊本市の白川小学校出身とされているが、三年のとき、東京六本木の小学校から転校してきており、六年生半ば、満州の牡丹江にある円明小学校に移っている。そのことを福島さんに話したら「知らなかった」と言った。なんだか「ふうん」という顔をした。福島さんが憧れてやまぬ昭和初期の東京。耳かくしの女たちが銀座を闊歩し――という街中でなくてもよい。小津安二郎監督の『一人息子』に出てくるような草ぼうぼうの郊外の住宅地でもよい。そんな東京で小学生時代を過ごした光岡さんがなんとも妬ましい、と福島さんはのちに書いている。

光岡さんの叔母によれば、白川小に転校してきたとき、眼鏡をかけ、ダブルのスーツを身に着けていたため、担任の先生が「小さな紳士が来たぞ」と言ったそうだ。本好きの子で、頭が大きく、「仮分数」といわれていた。熊本市郊外（いまは市内）の父の生家のすぐ近くに横井小楠の四時軒跡があり、光岡さんの曽祖父は小楠のもとに出入りしていたそうだが、光岡さんはそうしたことも文章にはしていない。父は軍人だった。母は宇土半島の不知火海に面した村落の旧家の長女として生まれた。昭和二十年（一九四五）四月、光岡さんは牡丹江の軍人の子息が多い星輝中学に進んだが、敗戦直前、内地に引き揚げている。

昭和三十六年（一九六一）十二月、福島さんの『現車《うつつぐるま》』が第三回熊日文学賞に選ばれたとき、熊日の文化部記者として光岡さんが電話で取材し、記事にしている。そのとき、福島さんは八代工業高校の国語の教師であった。写真は八代支局から撮りにきたが、翌日の朝刊に自分の顔が大きく載っているのを見て、驚いたという。ちなみに昭和四十一年（一九六六）八月、神風連の取材で熊本に来た三島由紀夫は、そのころまだ同校に勤務していた福島さんのもとを訪ねてきている。

光岡さんが『機雷』で直木賞を受けたのは昭和五十七年（一九八二）一月である。職場の電話で決定の報を聞く光岡さんのまわりで、私たちは興奮し、万歳、万歳と叫んだ。そのときの写真を見ると、皆、若い。光岡さんも四十九歳だった。『機雷』を高く買ってくれた選考委員の池波正太郎から蕎麦と熱燗で祝福されながら、光岡さんは「まず原稿用紙に向かって一行書いてみろ。苦しいがあとから出てくる」と直木賞作家としての心構えについて教えられたという。東京に仕事場としてマンションを購入したが、結局は東京に出ていかなかった。新聞社を辞し、熊本近代文学館長に就任してからは熊本県の文化行政に深くかかわるようになる。単に文化にとどまらず、環境や治水、治山、水資源の問題などにまでそれは及んだ。県の各種審議会、委員会の委員として、熊本県内は隅々まで歩いている。そうした地方住まいのなかから多作ではないが、質の高い短編をコンスタントに世に出した。

光岡さんの遺作となった『恋い明恵』は小説でなく、エッセーのかたちをとっている。鎌倉前期の華厳宗の高僧だが、森の木のうつろに座し、泣き虫でよく泣き、夢日記をつづり、島に手紙をだす。そんな明恵に光岡さんは恋をした。死期をさとっていたわけではなかったろうが、この連載のなかで生死や死後の世界について自問自答している。

光岡さんが肺がんの告知を受けたのは、この連載を終えた半年後の平成十六年（二〇〇四）七月二日である。手術はせずに、抗がん剤と放射線治療を受けた。入院と自宅療養を何度か繰り返しており、放射線投与のない土日は自宅に戻っていた。秋が過ぎ、冬がきたというのにいつまでも暑い日が続いた。自宅では焼酎を水割りにして飲んでいた。がん告知から百七十日後の十二月二十二日、夫人と二人の娘の見守るなか、あまり苦しみもせずに自宅で息を引き取った。

亡くなる二週間ほど前、知人らに光岡さんの個人雑誌「この世」が送られてきた。そこには、「人間の命というものは小さくてかわいくて、もろくてはかないものだ。だからすべての命を大事にしなければならない。私がガンで会得したのはたったこれだけのことである」と書かれていた。光岡さんは几帳面にがんと向かい合っていたのである。

福島さんは、私が自宅を初めて訪ねて来たときのことを文章にしている。

座敷の縁に立ち、私はこう言ったらしい。「ここは大きな金ピカの仏壇もあり、花の油絵がずらりと飾られ、庭には草花がいっぱい咲いていて……」。このあと、「結構なお住まいですね」という挨拶がくるものと期待していたら、「なにやらどろどろしてますね」と言ったというのだ。

座敷の立派な仏壇、鴨居の母の遺影、どこか曼荼羅のような花の油絵がぐるりと飾られ、「どろどろ」と私には見えたのだろう。福島さんの母は熱烈な創価学会員だった。もともと熊本は加藤清正が日蓮宗の信者であり、本妙寺がある。南無妙法蓮華経の御題目と団扇太鼓を打ち鳴らす激しい轟きは熊本の街の通底音と言ってもいい。福島さんも一時、学会には熱心だった。学会のもつ擬似的家族の世界にひかれたのだろう。

福島さんはそのころ、熊本市内の商業高校にいたが、郡部の工業高校に転任が決まり、辞めた。定年まで数年を残していた。「なぜ、あのとき教員を辞めたの」と尋ねたことがある。福島さんは笑いながら、答えた。「工業高校に移ると聞いたときは、うれしかった。男子が多いからね。ルンルンという気分であったが、ふと不安になってきた。間違いをしでかすのではないか」。のちに書かれ、芥川賞候補になる『バスタオル』は青年教師が好きな男生徒のあとをなりふりかまわず追っかけてゆくという話である。

福島さんは肥満体の子をそのまま大人にしたようで、まわりを明るくさせた。妻子もなく、「独居老人」だったが、私は彼を老人だと感じたことは一度もない。

ハンチングをかぶり、ジャンバー姿で工務店の主人のように見えなくもないが、はち切れそうなお尻を振りながら、私の職場に現れた。その後ろ姿を見て、私の同僚が「色っぽいね」と言ったことがある。育った環境が光岡さんとはまったく異なっていた。祖父は裸一貫からのしあがり、旅館を経営していたが、地下で賭場を開いていた。母は一人娘だった。福島さんのきょうだいはみな、父親がことなっていた。家の中には『世界文学全集』などはもちろん、なかった。泊まり客や板前や女中らが読み終えた「キング」や「講談倶楽部」などが転がっていた。たまたま身近にあった菊池寛の『第二の接吻』や吉屋信子の『良人の貞操』などを読んだ。小学生のころから大変な映画狂だった。愛憎劇の濃厚な新興キネマの映画が好きだった。種田山頭火の妻、サキノが下通に開いていた「雅楽多」に行き、黒田紀代、美鳩まり、真山くみ子などいまではだれも知らない女優のブロマイドを買っていた。

「恋い明恵」の連載が三分の二ほど進んでいたとき、同じ夕刊で福島さんの連続小説「いつまで草」をスタートさせた。こちらは連日連載である。福島家の親子三代の物語であった。毎週金曜日の夜、私の職場に原稿を持参した。その時間には編集委員の部屋には私ひとりしかいないことが多かった。福島さんの原稿はところどころ漢字の部分が空いており、横にカタカナでふりがなを書いている。以前、福島さんに連載エッセーを頼んだとき、「地べたに落がき」というタイトルを付けたことがあるが、家の前の道いっぱいに石で子どもが夢中に落書をする、その延長上に福島さんの文学はあるように思う。文体が身体性を帯びていて、頭でこさえる作家ではない。

つけっぱなしのテレビでは、生誕百年の小津安二郎の作品がＮＨＫのＢＳで週一回放映されていた。原稿のチェックを休み、それを見ることがあった。福島さんは小津の『浮草物語』も戦後、リメークされたものより戦前の作が好きだと話した。戦前の映画を実によく見ており、東京や福岡でそうした名作の上映会があると出かけていたと打ち明けられた。その旅費ほしさに三島由紀夫からのはがきを古本屋に売り、コピーを残していて、『三島由紀夫　剣と寒紅』に用いた。それが著作権違反に問われ、発禁となった。

あるとき、「この『いつまで草』は溝口健二監督の『西鶴一代女』」だと私は話した。主人公の女がどこまでも落ちて行く話であるという意味で、言った。女主人公のモデルは、福島さんの母親である。息子が公立高校の教員というのに、母親は熊本市内の赤線で娼婦の宿の客引きをしていた。福島さんはそのときも「ふうん」という顔をした。連載は一年を越え、一昨年の十一月ごろから、疲れが見え、やせてきた。すでにすい臓がんは深刻な状態であったわけだが、何度か原稿の書き直しを頼んだ。

最後の場面は二人で話し合って、決めていた。それは福島さんの熊日文学賞祝賀会の場面だ。九州学院の恩師として柔道九段の宇土虎雄が出席、スピーチの最後に立ち、「お母さん、笠間隼人という男とよくぞ恋愛をしていただきました。彼は私のかけがえのない後輩であります。この場を借りて心からお礼を言いたいのであります」と話す。そのとき、福島の隣の席に坐っていた彼の母は、両肩をすくめ、ちらと舌をだし、たちまち恐縮の体となり、うつむき、かしこまる。

祖父の身代わりに母の夫が刑務所に入っていたとき、身ごもったのが福島さんだ。実の父は北署の刑事であったが、若くして病死している。

最後の原稿をいただいたとき、福島さんは「あなたは溝口健二で、私は田中絹代であった」と少ししなをつくり、おっしゃった。これには少しばかりのけぞる思いだった。

平成十七年（二〇〇五）年二月、光岡さんをしのぶ会が熊本市民会館大会議室で開かれた。その場には福島さんの姿は見当たらなかった。何人かから「福島さんはどうしたの」と聞かれた。

八代市日奈久の温泉に湯治に行っているとばかり思い込んでいた。「腰が痛くてたまらない」という話に、「病院に行けば」と勧めたが、「これまでお灸で治している。温泉にしばらく行って来る」と答えた。自宅に何度か電話をしたが、かからない。妹さんの家に電話をしたら、「病院に入院させた」という。「糖尿病の検査をしてもらう」という話であったが、すい臓がんで、もう手のほどこしようもない状態になっていた。福島さんの入院先に見舞いに出かけたら、ナースステーション前のたまり場でテレビを見ていた。私の姿を見て、一瞬慌てた様子であった。個室には「面会謝絶」の札がかかっていた。自分で頼み、かけてもらったという。面会謝絶をしながら、カラオケセットを持ち込み、夜中に歌いまくっていると話した。日に二回ほど顔をだす妹さんを看護師たちは奥さんと思っており、毛皮のコート姿で現れる八代ＡＴＧの井上晴美さんを見て「愛人では」と気をもんでいたという話を福島さんはした。

「いつも次郎ちゃんは笑わせてくれる」とちょっぴり目が潤んだ。

その場で、「毎週エッセーを書きませんか」と言った。福島さんは「書かせてくれるの」とはずんだ声で言った。「そう、亡くなるまで」としめしめと思いながら、口の中でつぶやいていた。夕刊の「ほんのコラム」欄で「花のかおり」というタイトルで始めた。挿絵も福島さんだ。初めの数回は花への思いを綴っていたが、がんにも触れるようになった。自宅療養に切り替えられていた。抗がん剤を服用し、あとはただただ食事を取って、体力を維持するだけだ。飯を食べるということがこんなにつらいとは思わなかったといい、「燃える飯」という文章を書いている。三島についても度々取り上げた。伊丹十三と三島との類似性をつづり、この二人の天才は自分の才能を浪費し、それに突然気づき、自爆したのだ、といった意味のことを書いた。

「文學界」や同人誌の「詩と眞實」に発表された老人の同性愛をテーマにした作品を集め、宝島社の知り合いの編集者に持ち込んでやった。福島さんから以前、「本にならないか」と頼まれていた。たぶん、印税で東京や福岡に遊びに行くお金が欲しかったのだろう。三島をからめたオリジナルを書いてくれれば、出していいと編集者は言ってくれた。そうして出たのが『淫月』である。さらに熊本市現代美術館の企画で、『花ものがたり』が刊行された。福島さんは熊日の文化部の女性記者に、「三島さんとの間に起きたことは、花電車に轢かれたようなもの」と絶妙な言葉をはいている。

「三か月持たないかもしれない」という話であったが、連載エッセー「花のかおり」は順調に推移して、年を超え、二月を迎え、福島さんががんの告知を受け、一年が過ぎようとしていた。すっかり油断していた。井上晴美さんからケイタイに電話がはいった。「いま、病院から」。病院に戻るかもしれないという話は聞いていた。福島さんが電話に出て、いまから部屋の番号と直通の電話番号を言うから、メモしてほしい、と言った。元気な声であった。

翌朝、電話で起こされた。「伯父が亡くなりました」と電話の主は言った。

朝方、病室に見回りに来たら、息が切れていたという。たんを喉に詰まらせたらしい。だれもそばにいないところでひとり、福島さんは死んでしまった。銀行口座には残高がほとんどなかった。原稿料や印税などが振り込まれたはずなのに。がんに効くという健康商品が家のなかからごっそり出てきた。それらに費やしたのだろうという話である。

福島さんが亡くなったのは平成十六年（二〇〇四）二月二十二日。七十六歳だった。


（「季刊文科」34号　２００６年4月25日発行）

あとがき

わが家の貧しい庭は、いま、野菜の花盛りである。トマト、ナス、カボチャ、ズッキーニ、小玉スイカも。ホームセンターで苗を買って来たもので、ベランダ先の猫の額ほどの地面を耕し、肥料を入れ、水やりなどをしているのは家人であり、私は眺めているだけだ。すでにトマトは食卓にあがったが、はたして小玉スイカは育つかどうか。「大丈夫よ、カボチャの株に接ぎ木したものだから」と家人はいう。

その言葉に、新聞社を辞めて五年数カ月勤めていた文学館に展示していた「熊本ゆかりの作家たち」のイラストマップを思い浮かべていた。あのマップも多くの文学者たちで花盛りであった。徳富蘇峰、蘆花、中村汀女、高群逸枝、徳永直、谷川雁などの地元出身者も少なくないが、入館者が足をとめるのは漱石や八雲、そして山頭火のコーナーであった。本書の「まえがき」の続きになるが、熊本人ではないが、熊本から歩き出した作家である。熊本という豊沃な土壌（わが家の庭は当たらないが）から栄養分を吸収し、あるいは熊本という強く、健康な株に接ぎ木され、花開いたようにも思えたのだ。

もう三十年ほど前になるが、「山頭火になりたい」というコラムを家庭欄に書いた。無署名であったが、家人の身内の間で波紋を呼んだ。職場に義兄がわざわざ電話をかけてきた。サラリーマンのささやかな脱出願望を書いたに過ぎなかったが、「山頭火になる」という言葉は家も妻子も捨てる、という意味合いがにじむ。さらにまずかったのは「定年になったら」と書いたことだ。これでは「定年離婚願望」とも読める。

山頭火にはだれもなれない。ましていまのような世知辛い世の中では。とはいえ、いつの日か風に吹かれるまま、飄々と生きたい。そういう夢を持ち続けながらも、なかなか仕事をやめられない自分がいた。新聞社を六十五歳まで勤め、熊本近代文学館長となり、昨年三月末、くまもと文学・歴史館長として辞めたときには七十一歳になっていた。山頭火が熊本に来て、百年に当たり、山頭火にはなれないが、山頭火のことをまとめようかと思っていた。そこに熊本地震がやってきた。

ドドッと大きな揺れが来て、「これはなんだ」と呆気にとられた。揺れが収まると、電気がついており、テレビもついたままで、ライトアップされた熊本城が激しく揺れる様子を映し出していた。震度7の直下型地震だった。それは前震で、十六日未明の本震は一度体験しているだけに本当に怖かった。車の中で夜が明けるのを待った。どこもここも被害を受け、なんだか街中の建物が絆創膏で傷口を押さえ、包帯を巻き、松葉杖をして立っているように映った。県立図書館も閉まり、新聞社の資料室にも入れなかった。

　夏が過ぎ、秋空が広がり、手元の本と資料をもとに「熊本時代の山頭火」を書き進め、以前、新聞に連載した漱石や八雲に関するものも含めて一冊の本にするつもりで、一応脱稿もし、ゲラが出来てきた。困った性分で山頭火の部分をいじっているうちに膨れてきて、年を越え、二月になると県立図書館が利用できるようになった。とうとう単行本一冊ほどになり、山頭火を中心とした本にすることにした。

　本書のなかで村上護氏の『種田山頭火』（ミネルヴァ書房）に少々厳しいのでは、と思われるかもしれないが、山頭火研究の第一人者の胸を借りるつもりで書かせてもらった。村上氏とは面識がないわけでもなく、新聞社時代、原稿もお願いした。平成二十二年度、特別展「モダン都市・クマモトの山頭火意外伝」を見に来ていただいたが、かつての精力的な面影はなかった。がんになられたと聞いた。清々しい僧侶のようで、二年後、亡くなられた。

　大山氏にも二度お会いしている。いずれも句碑の除幕式（昭和五十八年十月、阿蘇の塘下温泉、六十一年十月、報恩寺）においてで、健さんには塘下温泉での除幕式でお会いした。当時、阿蘇に勤務していた。取材を終えたら、すぐに戻って原稿を書き、送稿しなければならない。あのとき、もっといろいろ聞いておくべきだった、と後悔している。大山氏は老僧のようないでたちで、

「山頭火！」と句碑に向かって叫ばれ、抱きつかんばかりであった。どこでもそうなされるのかな、と思った。

書き終わって気づくのは、本書は山頭火とサキノと健との愛の物語だということだ。『異風者伝』『言葉のゆりかご』、そして今回と沼田富士彦氏に大変な面倒をかけた。ことに熊本地震で自宅が全壊し、料理研究家の夫人の作業場で寝泊まりを続けておられたとのことで、ストレスの大きいところに私のわがままに付き合っていただいた。くまもと文学・歴史館のスタッフや友枝家などにもお礼を言いたい。偶然だろうが、城野印刷所による印刷・製本というのもうれしい。健さんが最後に勤められた会社であるためだ。

私自身、熊本人ではないが、こうして熊本に根を張り、仕事をさせていただくことに感謝をしている。家人は熊本人で、肥後の猛婦という言葉もあるが。

夕立が洗つていつた茄子をもぐ　　山頭火

山頭火も其中庵時代、家庭菜園を楽しんでいたらしい。

平成二十九年　夏

井上智重

井上智重（いのうえ・ともしげ）
昭和19（1944）年、福岡県八女市生まれ。熊本大学法文学部卒業後、佐賀新聞社を経て、熊本日日新聞社に入社。阿蘇総局長、文化部長、編集委員室長などを務め、平成22（2010）年８月から28（2016）年３月まで熊本近代文学館（28年１月からくまもと文学・歴史館）館長を務めた。著書に『九州・沖縄シネマ風土記』、自然と文化・阿蘇選書５『豊肥線と阿蘇』、『異風者伝－近代熊本の人物群像』、『言葉のゆりかご』、『お伽衆宮本武蔵』（共著）などがある。

山頭火意外伝

平成29年（2017）７月28日　第一刷発行
平成29年（2017）10月28日　第二刷発行

著　　者　井上　智重

発　　行　熊本日日新聞社

制　　作　熊日出版（熊日サービス開発株式会社 出版部）

発　　売　〒860-0832
熊本市中央区世安町172
電話　096（361）3274

装　　丁　中川哲子デザイン室

印　　刷　株式会社　城野印刷所

ISBN978-4-87755-556-6　C0095